高原

LATEAU

跨星際戰爭與科技革命

張旭，汪喆 著

愛情、科技與宇宙的奧祕，
真相與虛假之間，
人類存亡於一念

我們所知
的世界，
真如同
我們所見？

最後的人類在孤島上掙扎求存，
而隱藏在這片土地下的，
究竟是生存的希望，還是將顛覆一切的陰謀？

一顆彗星的撞擊不僅改變了地球，
也重塑了人類的命運
懸念、反轉！挑戰你對「真實」的認知極限！

目錄

目錄

第一章　異族愛戀

1

如果說生死是常人會面臨的最極端的無常，那他所面臨的接下來的人生，恐怕比生死還要極端，從根本上顛覆了他所擁有的一切。事到臨頭那種震驚，讓他覺得死了也就了了，死反而是一樁讓人解脫的小事。當然，這只是一念間的感受，整體來說，他個性堅毅，即使心靈遭到重創，思緒一時紊亂，事後也會在內心深處「力挽狂瀾」，奮然矯正自己，回到主宰自己人生的軌道上來。

三十五歲大約處在人生的分水嶺，不能說年輕，也不能說還有大把時光，但你若一點成績沒有，那也必須奮起直追了。這個年齡的人具有一定的人生經驗，具備了較為穩定的「三觀」，這是個好的基礎。汪若山便是如此，他正好三十五歲。與大多數人印象中的理論物理學家截然相反，汪若山不是「宅男」，他熱衷戶外運動，皮膚呈健康色，有發達的肌肉和粗重的氣息，面部輪廓線條硬朗，但一副金絲眼鏡又使他生出幾許知識分子的氣質。這種雜糅的氣質，讓他整個人具有一種堅定的魅力。每當有新學生對汪若山的外表表現出詫異時，他總會讓這位學生去資訊中心查閱一下他們這門學科的鼻祖薛定諤的人生經歷，即便是在如此遙遠的過去，理論物理學家的人生也可以是浪漫的。

汪若山在高原大學教書。相比於教學，他更喜歡一個人在數學迷宮中探索，就像學校牆壁上懸掛的科學家畫像中的牛頓一樣。大學裡的氛圍並不好，學生和他不在一個世界裡。他自己超然於世外，在理論物理的世界裡遨遊了很遠很遠。

不巧，汪若山的這節課恰好是午後，烈日當空，天花板上的六個吊扇飛速旋轉，卻沒有帶來多少涼意。學生們大都萎靡不振。汪若山不得不以提問的方式，引起大家的注意。

「我想請一位同學作答：火箭為什麼能擺脫地心引力衝向太空？」汪若山問道。

同學們呆坐原地，無人舉手。

汪若山皺起了眉頭。

「根據牛頓第三運動定律：任何一個力都會產生一個與之相反、大小相等的反作用力。」坐在第一排居中的一個大眼睛的女生如是說。

「嗯，接著說。」汪若山示意她。

「火箭向下噴出氣體，當這些氣體受到向著地心的力時，火箭就受到了與地心引力方向相反的力。於是，火箭就升空了。這個速度如果夠快，它就能擺脫地心引力衝向太空。」

「很好！牛頓第三運動定律還告訴我們一個殘酷的推論：在沒有外力的幫助下，宇宙飛船想要獲得加速度，就必須向外噴出有質量的物質。在太陽附近，或許還可以藉助太陽風的外力來加速飛船，但是一旦飛到古柏帶，太陽風就基本消失了。所以，想要繼續獲得加速度，或者想要在接近目標時減速，這裡我要說明一下，減速的本質就是反向加速度。從我們曾經掌握的原理上來說，唯一的辦法只能是透過減少飛船的質量來實現，說得通俗一點就是：必須噴出東西。」

「那麼問題來了。」大眼睛女學生又說話了，「這樣一來，星際航行就存在一個悖論。因為飛船加速、減速都要損失質量，所以，想要獲得更長時間的加速，飛船的起飛質量就必須更大。但問題是，起飛質量越大，就需要耗費越多的能量來加速。」

「說得好。」汪若山點頭讚許，「化學燃料的火箭研發就是在這個悖論的制約下遇到了瓶頸，我們加的燃料越多，飛船的質量就會越大，這些燃料實際上都消耗在了給燃料本身加速上。更加悲劇的是，根據數學計算，飛船的整體質量越大，有效載荷所占的比例就越小。也就是說，飛船造得越大越不划算。」

「那怎麼辦呢？」女學生問。

「有人發明了離子發動機，這種發動機噴出的東西是微小的高能粒子，粒子質量很小，發動機可以持續噴出，不會像化學火箭那樣噴出氣體，沒多少分鐘就噴完了。但離子發動機的缺點就是，由於噴出的物質質量太小，因此能提供給飛船的反作用力也太小，沒法提供很大的加速度。在太空中長距離巡航時，離子發動機能發揮作用，但想要在起飛階段在太空中突然加速，就力不從心了。」

「要是能把粒子發動機噴出的粒子加速到無限接近光速呢？」

「粒子加速到光速，在理論上可以給飛船提供很大的加速度，滿足星際航行的需要。但難點在於，由於能量守恆定律，要把粒子加速到接近光速，就需要耗費非常巨大的能量。這些能量從何而來呢？還是悖論，想要儲存能量，就只能增加飛船的質量，而飛船的質量又會成為飛船加速的最大阻礙。」

「所以，想要突破星際航行技術的關鍵問題就在於如何用很小的質量獲得巨大的能量。」

「妳很聰明。我們現在能夠利用核能，但核能還不夠。人類目前已知的產生能量最高效率的方式是正反物質對撞湮滅，可以做到百分百的質能轉化，一點點微小的質量就能爆發出驚人的能量。」

「反物質從何而來呢？」

「這是問題的關鍵。正物質遍布宇宙，而反物質則極為稀少，在宇宙中收集反物質粒子效率太低。而如果人造反物質，則又要消耗巨大的能量。諸位剛開始學習量子力學，它不簡單，它給人類開啟了一扇門，也許能不消耗能量就可以獲得反物質。」

「如何辦到呢？」

「具體說來，真空並不是完全真空的，從微觀層面來看，真空就像是一個沸騰的海洋，充滿了量子漲落。無數的正反粒子會在瞬間憑空產生，又瞬間互相湮滅。假如我們能夠成功預測正反粒子產生的時間和位置，在它們產生的那一瞬間，將正反粒子分開，就等於在真空中捕獲到了反物質。」

汪若山言及至此，下課鈴響了。

「好了，今天先講到這裡。」汪若山從不拖堂，哪怕一分鐘他也不拖。同學們收拾書本。汪若山的眼睛落在了剛才回答問題的女生身上。

而此刻，她也望著他。

她叫劉藍，是物理系的系花。

劉藍經常挑戰她的老師汪若山，故意引起他的注意。

汪若山剛想表揚劉藍，劉藍卻搶先一步說話了。

「相比較科學而言，我更喜歡哲學。」劉藍俏皮地說。

科學和哲學誰更勝一籌的問題，汪若山並不關心。但問題是劉藍是系裡專業成績最好的，她卻說自己喜歡哲學。

「哲學是認識世界的一種思維方式，自有它的道理。」汪若山說，「我也曾對柏拉圖和康德喜愛有加。但當我看到哲學家羅素的話『哲學只負責思考問題，不負責解決問題』時，我突然想明白了，哲學的研究領域最終都會被科學一一接管，因為人類需要解決他們所面臨的問題。就好像高原現在面臨的終極問題我們只能依靠科學去解決。人類終將發現主宰這個世界的不是上帝，而是自己。我們主宰世界的工具就是科學。科技越向前發展，人類就越接近『上帝』。」

「我倒是認為，它們分管不同的領域。科學不是萬金油。我是誰？我從哪裡來？我到哪裡去？我不認為科學能解決『哲學三問』。況且，哲學會使人安心，但科學會嗎？」劉藍挑戰著他。

「人類需要確定感。科學會帶給人確定感。」汪若山被問得愣住了，但他很快又擺出了這番道理。

「您所研究的量子力學也是這樣嗎？」

汪若山不禁笑了。他當然知道量子力學的不確定原理。西元一九二七年，德國物理學家海森堡提出了「測不準原理」，後來，這個原理又被進一步發展成量子力學的第一原理——「不確定原理」。

「在量子的世界，雖然沒有確定的狀態，但有確定的機率。我們依然可以用數學公式精確地預言一群粒子的總體位置和狀態。」汪若山道。

「那單個粒子不還是預言不了嗎？」劉藍也笑了。

汪若山微笑，沒有回答，因為他陷入了沉思。劉藍的這句話讓他瞬間忘掉了周圍的環境，重新掉入數學迷宮中。他正在研究的課題正是要抓住那些轉瞬即逝、在量子漲落中似乎完全隨機出現的反物質粒子。汪若山相信在隨機性的背後隱藏著更深層次的確定性。

「老師您加油！那我去聽歌劇了。您也不妨親近親近藝術，那又是一個使人獲得安慰的領域。不過……看您如此鍾愛量子物理，我感到很放心……不，很開心！」

說完，她眨了眨眼睛，轉身走掉了。

汪若山望著她離去的背影，直到那背影快從視線中消失才回過神來。劉藍這話像是話裡有話，放心？她放什麼心？

他搖了搖頭，驀然覺得，有學生挑戰他，他倒覺得教學變得有些意思了，竟一時感到舒心起來。

使汪若山更為舒心的是，這是本週的最後一堂課，他計劃週末去山區旅行。如果不是所有的海域都被軍方接管，民間航海遭到嚴厲禁止，汪若山其實最想做的事情是航海，這是他兒時的夢想。童年的他，看著世界地圖，會問老師為什麼這個世界的陸地只占了如此小的比例。

每個人都有自己減壓的方式。劉藍是讀哲學或是去看歌劇，汪若山是去親近大自然。他絕不是宅在家裡兩耳不聞窗外事的那種人。他酷愛跋山涉水，迷戀荒野求生的感覺。他的理想是爬遍高原上的所有山。對此，校長方範曾找他談話，勸他不要總是去那麼危險的地方。校長勸起他來的樣子，就像家長擔心自己的孩子玩火。而生性自由的汪若山覺得這種勸誡有點可笑。《為師守則》裡可沒規定教師不許去山區。

「我倒希望學生們也能出去走走，享受大自然的餽贈。」汪若山淡淡地說。

「絕不可能！你還想拉學生一起出去冒險？」方校長瞪起眼睛說。

「好吧，謝謝您的忠告。我會注意安全。祝您生活愉快。」汪若山說完，自顧離開。

他是個不愛爭辯的人。一旦發現兩人的對話不在一個頻率上，他便立刻止語，保持緘默，即便對方是他的上司。他認為這是珍視生命的做法。

方校長拿他沒辦法。日後汪若山才得知背後大有隱情。對方校長而言，汪若山是極其重要的人。其實，不光是校長，對全世界來說，他都是一個極其重要的人。

只是，此刻的他，顯然是毫不知情的。

於是，他收拾好行囊，出發了。

2

喜馬拉雅山脈是全世界平均海拔最高的山脈。根據數據記載，這裡曾經終年白雪皚皚。但是現在，汪若山騎馬佇立山岡上，微風拂面，青草芬芳，甚感愜意。這裡沒有夏天的熱情，沒有秋天的淒美，更沒有冬天那樣的傷感，只有飽含希望的春天。望著遠方的山巒亙古地縱橫在極目之處，天空中出現一個黑點，是鷹，牠在展翅翱翔，背景是湛藍的蒼穹，散發著令人頓生朝拜之心的光芒，彷彿人死後就會歸往那裡，靈魂安住。

「曾慮多情損梵行，入山又恐別傾城。世間安得雙全法，不負如來不負卿。」

不知為何，面對如此人間仙境，堅持唯物主義的汪若山，腦海中卻偏偏飄來這幾句詩詞。

一隻岩羊身輕體健，靈活敏捷地穿梭於懸崖峭壁間，如履平地。牠在覓食。汪若山行至山崖下，望見了牠。他摘下帽子，用手拭去額頭的汗珠。紅色的衝鋒衣在青色的岩石間非常顯眼，憨傻的小岩羊因好奇而靠近了他。

汪若山友善地看著這隻正在關注自己的岩羊，他知道岩羊性喜群居，一般幾十隻一起活動，此刻牠顯然是脫離了羊群。從體態上判斷，牠應該剛出生不到半年，尚是幼崽，對突然造訪的汪若山毫無防備之心。

汪若山下了馬，從背包裡拿出一袋牛奶，倒入下凹的岩石處，引這隻岩羊靠近。小傢伙果真是貪吃的，只見牠跳躍而來，湊到汪若山身邊，用鼻尖輕輕嗅著那一汪奶水，然後小舌頭試探性地舔了一下，於牠而言，這牛奶太過美味，牠便頭也不抬地將奶一舔而淨。

汪若山抬頭眺望羊群，羊群已經走遠。

「你該回去找爸爸媽媽了。記住，以後不要離群單獨行動，萬一遇到猛獸你可就慘了。」對待動物，汪若山反而有話要說。

小岩羊好像聽懂了汪若山的話，乖乖轉身離開，跳出幾步後似乎又有些不捨，牠回頭看了看他，好像在答謝他剛才的款待。他擺擺手跟牠道別，牠卻突然抬頭望見遠方，驟然緊張起來，轉身逃跑了。

汪若山望著岩羊注目的方向，看到了一個正在疾馳的騎手。

騎手正在穿越牛羊群，似乎有急事要辦，因而速度飛快。模樣粗野的牧人正在慢吞吞地驅趕那些牛群和羊群。牛羊群堵死了路，騎手在牲畜群中團團轉，不一會兒，似乎沒了耐心，瞅準一個空隙，縱馬向前衝去。

汪若山朝羊群小跑過去，湊近了，才看清楚那騎術高明的騎手居然是個姑娘。她身姿矯健，穿著藍色高領棉布上衣、紫色紗長裙，紅色絲帶繫於腰間，長髮隨風飄揚，怎一個颯爽了得。

粗野的牧人由於常年在外放牧，風吹日晒，面容彷彿皴裂的樹皮，神情莊重，缺少表情，然而他們此刻一改平時冷漠的樣子，對這位亮眼的美少女投去驚豔的目光。

牛群被奔馬驚到，哞叫起來。

姑娘眼看就要陷入一片蠻牛之陣，她正被一大群身強體壯、犄角粗糙的公牛裹挾著往前湧動。能看出她平時對放牧有一定程度的熟悉，所以眼下的處境並未使她過分驚慌。她瞅空子驅馬前進，想盡快開出一條突出重圍的路。但不巧的是，一頭公牛的犄角刺傷了姑娘那匹馬的肋部，吃痛的馬前蹄騰空而起，發狂地噴著鼻息，氣急敗壞地左蹦右跳。騎術稍遜的騎手在這種情況下，休想在馬背上坐穩。

她幾乎跌落，只好放低重心，身體緊貼馬背，雙手抓牢轡繩，稍有閃失就有可能摔在地上，被成群的奔牛無情踩踏。

縱然騎術不錯，但面對如此凶險的突發狀況，她還是受困心驚，手中的韁繩眼看就要脫手。

千鈞一髮之際，一隻有力的大手突然伸了過來，攬過姑娘的腰際，將腰肢輕盈的她用力架起，移拽到了另一匹馬上，姑娘順勢抱住前者的腰，很快，他們突出了重圍。

不多時，牛群終於散去，姑娘的馬兒孤零零地站在原地，還好，牠只受了輕傷。

「謝謝！」她望著他的後背道。

「沒受傷就好。」他微笑起來。

阿玲重新騎上了自己的馬，他們坐在各自的馬上交談起來。

「你叫什麼名字？」

「汪若山。」

「有山有水，和這裡的地貌一樣，是個好名字。」

「你呢？」

「我叫李玉玲，叫我阿玲就好。」

「李玉玲？妳爸爸是不是在山區商界威望很高的李克？」

「你認識他？」

「當然認識。年初我來這裡，狼群襲擊了他的商隊，我恰好路過。」汪若山用右手拍拍背在肩上的獵槍說，「我給大夥解了圍。妳父親還邀我同行了一段路程，他跟我提到了他的寶貝女兒。」

「呵呵，這麼巧啊！」阿玲笑了起來，她的笑容單純而率真，「原來救我爸爸脫離險境的就是你！我聽他說起過，說你英勇果斷、膽識過人。」

「沒想到今天又遇上了他的女兒。」汪若山望著眼前的阿玲，她那雜糅著纖柔和野性的身姿，以及明眸善睞的神情，一時間幾乎使他無法直視。

「有空去我家坐坐吧。我爸爸得好好謝謝你，要是我被牛群踩傷，他得多傷心啊！」

「我也會傷心。」

「你？」阿玲笑了起來，「你為何傷心呢？我們又沒什麼關係。」

汪若山聞言，略感失意。阿玲顯然看出了這一點。

「哈哈，我不是那個意思，你當然是我的朋友啦，謝謝你的關心。記得有空來看我和爸爸。」阿玲用馬鞭指著一個方向道，「我們住在那邊雪山腳下的一片房區。現在我要走了，幫爸爸去藥房取藥。」

阿玲說完，便調轉馬頭，舉鞭一揮，沿著大路飛馳而去，身後留下滾滾紅塵。

汪若山望著她絕塵而去的身影，內心不禁投石起瀾。日復一日的教學和科學研究，死氣沉沉的生活，什麼時候才能改變？美麗姑娘猶如山間的清風，清新怡人，吹進他的心田，撩撥得他那原本桀驁壓抑的心難以自持。他驀然意識到，自己正在面臨人生中的關鍵時刻。學校也好，科學研究也罷，都不如這件剛發生的事情重要。他心中萌動起一種異樣的情愫，揉進了意志堅強的男人所具備的那種激情。他暗暗對自己說：不能視而不見，要抓住機緣，要志在必得。

在想到姻緣之事的時候，他的腦海裡飄過培根的一句話：「妻子是青年時代的情人，中年時代的伴侶，暮年時代的守護者。」

他覺得自己終於遇到了這樣的情人、伴侶和守護者。

天空落下幾滴雨水，他伸手試雨，雨迅速大了起來。不多時，他便被冰冷的雨水淋成了落湯雞，但他絲毫也不在乎，他的心裡是熱熱的。

3

回到學校起初的幾天，汪若山魂不守舍；過了兩天，就更魂不守舍了。

上課的時候，他在黑板上寫出一個方程式，寫完後，他捏著粉筆的手停在那裡，盯著這個方程式整整一分鐘，既沒有什麼其他動作，也沒有說什麼話。

同學們發現平日裡侃侃而談的老師狀態明顯不對，不禁竊竊私語。

「汪老師，您是不是想到了如何計算單個粒子的漲落變化？」坐在第一排居中的劉藍抿著嘴笑著說。

同學們朝劉藍望過去，又望向汪若山，竊竊私語的聲音更響了。

汪若山回過神來，轉身面對大家，尷尬了三秒鐘，清了清嗓子，開始講解這個方程式，狀態恢復了，好像什麼都沒有發生過。

汪若山的科學研究助手高帥對此頗為打趣了一番。

「汪老師，您最近憔悴了。」高帥在洗手間裡說。

「哦？是嗎？」汪若山望了望洗手檯鏡子裡的自己，摸了摸臉頰，發現忘記刮鬍子了，於是他拿起公用的一次性刮鬍刀，剃起鬍鬚來。

「衣帶漸寬終不悔，為伊消得人憔悴。」高帥搖頭晃腦吟誦起來。

「什麼？」汪若山沒反應過來。

「我懂你。」高帥壞笑著說。

「懂我什麼？」

「你正在為一件事進退兩難。」

「我不懂你。」

「身為教師，前輩魯迅不也師生戀嗎？沒什麼大不了的。哪有那麼多的清規戒律？我支持你！」

「什麼啊？有話直說，別拐彎抹角。誰師生戀了？」汪若山差點用剃刀刮傷下巴。

「劉藍啊！」高帥說完又覺得聲音有點大，連忙捂著嘴調小音量道，「你的學生，劉藍，她喜歡你，你也中意她。」

「沒有的事！」汪若山瞪著眼睛正色道。

「否定的聲音越大，背後越有隱情。說實話，我羨慕你。你還單身，擁有無限可能。而我已經被套牢了。」

「你有家庭，你應該感到心裡踏實。」

「踏實？那要看找到一個什麼樣的老婆了。」

「弟妹不是挺好的嗎？」

「我們成天吵架。她總是嫌我這個嫌我那個。」

「你應該讓著她。」

「讓也要分人。照這麼讓下去，說不定哪天，就可能離婚了。」

「別輕易說離婚。」

「唉，有些情況，你不了解。」高帥似有難言之隱。

「什麼情況？」汪若山不明就裡。

「以後再說吧。」

「你希望你的老婆是什麼樣的？」

「我想找蘇洵的老婆那樣的，程氏。」

「誰？」

「蘇洵啊，蘇軾他爸爸，程氏是他老婆。說老實話，汪老師在理論物理方面的確是大拿，但文史類，恐怕還得向我多多請教。」

「好，我向你學習。你說蘇洵的老婆程氏，她怎麼個好法？」

說話間，他們來到學校的食堂享用午餐。食堂是一棟白色的二層小樓，非常簡約，內建的桌椅、餐具也都是白色，顯得十分乾淨。

他們一邊吃飯，一邊就著剛才的話題繼續討論。

「其實在當時，程氏的家族地位要高出蘇家很多。」高帥侃侃而談道，「程家是官宦世家，程小姐的祖父、父親、兄長全都在朝廷當官，是妥妥的千金小姐。而蘇洵，當時不過是一屆失意書生，而且還是個不思進取的書生。十八歲的蘇洵進京參加進士考試，落榜了。回鄉後娶了妻子程氏，而後庸庸碌碌，得過且過，沒有一點為家庭承擔責任的意思。這樣的一個男人，但凡是他老婆，一定是三天一大鬧，一天一小吵，更何況是家境地位都遠勝於蘇洵的富家女程氏呢?然而，程氏並沒有看不起蘇洵，甚至連督促嘮叨都沒有。相反，她對丈夫只有理解與鼓勵。初到蘇洵家時，人人都以為她是個嬌小姐，要供著過。可程氏卻樸實勤勞，善良安分，侍奉公婆，事事親力親為，拿得起，放得下。她對待哥嫂，以禮相待，不卑不亢。她從來沒用哥哥蘇澹和蘇渙的成功來譏諷蘇洵。當蘇洵提出讀書無法照顧家中生計的時候，程氏對他說：『只要你立志苦讀，家庭生計我來擔當。』也許，在別人眼裡蘇洵是個無名、無財又無官祿的庸人，但程氏始終相信，丈夫並非池中之物，總有一天會出人頭地。果不其然，九年後，二十七歲的蘇洵終於爆發了。他幡然醒悟，浪子回頭金不換，他沉下心來，閉門謝客，潛心讀書，終於成了一代大家。所以呢，每個成功男人的背後，都有一個默默付出的女人。蘇洵多年後對妻子深情表白：『昔予少年，遊蕩不學，子雖不言，耿耿不樂，我知子心，憂我泯沒。』這意思是說，曾經的我放蕩不羈，妳在我身邊不曾言語。但我明白妳的心意，妳是擔心我的才華因此埋沒。不是每一個妻子都有接納丈夫缺點的胸襟，只有格局遠大的女人，才能站在另一半的角度，拋開世俗冷眼，保護他的才華。不拘於一時得失，選擇相信與支持，最終成就了丈夫的人生高度。」

「哈哈哈，快收起你的高談闊論吧！」汪若山不禁大笑起來，「自己沒有做好，怎麼能指望別人呢？我倒是有個觀點：你想找什麼樣的人，你就應該首先成為什麼樣的人。」

說話間，汪若山不禁想起阿玲策馬奔騰的樣子，那種灑脫，那種渾然天成的率真之美，使他想入非非。他想像著兩人一起策馬奔騰，瀟瀟灑灑，共享人世繁華的樣子，不禁又走神了。

「喂！」高帥用手在汪若山眼前晃，「汪老師還是先別教育我了。墜入情網的人實在是沒救。」

「不好意思。」汪若山回過神來，「突然想起一些事。」

「您是想起一個人吧？」

「保密，八字還沒一撇。」

「我的好奇心已經噴薄而出了。」

方校長此刻恰好路過，他要去二樓校長專用的包間用餐，看到一樓大堂裡的汪若山，便走了過來。

「若山，我們要再加把力，專案能不能有突破，最關鍵的還是在於你的理論能不能有突破。上週，上面派人來調研，特地詢問了專案的進度。上頭似乎希望我們團隊能封閉一段時間進行頭腦風暴，爭取早日成功。我總有種有大事即將發生的感覺。」

「知道了。」

「週末你又要去爬山嗎？」

「我要出去一下。」

「好吧，需不需找個搭檔跟著你？」

「謝謝您，不用了。」

方校長聽聞，轉身離開，走了幾步又回頭叮囑：

「你可注意安全！」

「好的。」

方校長體形肥胖，體重起碼有九十公斤，去二樓的臺階有三十級，走完最後一個臺階，他額頭上滲出了細細的一層汗。

「方校長對你可不一般。你是不是走後門來的這所學校？」高帥望著方校長的背影道，「我猜想他對他兒子頂多也就這樣了。」

「他不是關心我，是關心我們的科學研究專案。我很奇怪，反物質研究怎麼在他眼裡這麼重要，還有上面，已經不止一次派人來專門調研，有更多值得研究的應用技術他們不下功夫，倒是天天盯著我。」

「有傳聞說上面正在籌劃建設新一代宇宙飛船，瓶頸在引擎，傳統的核融合離子引擎加速度太小。在脫離地球的引力階段，還得靠笨拙的化學火箭幫忙。我倒是覺得，向天上發展不如向地下發展更現實。地底下的事情還沒完全整明白呢。」

「我倒是能理解上面的想法，畢竟，地球是搖籃，我們總有一天要離開搖籃的。週末我要出去一趟，回來以後我把自己關一段時間，看看能不能進入心流狀態。」

4

汪若山迫不及待地想再次見到阿玲。還好，週末又到了。

他租好馬匹，馱了些從購物大樓裡採購的禮物，就出發了。

路線已經熟悉了，打遠就看見一片白色的房區，他走近後下了馬，正在搬挪禮物，就聽見身後那個熟悉的聲音。

「你怎麼才來?爸爸在等你。」

一回頭，正是阿玲，她背著手，斜站在那裡，一雙忽閃忽閃的大眼睛猶如一汪深湖。

汪若山不禁露出了燦爛笑容。

「有陣子沒見啦！」李克身著民族服飾，面色紅潤，聲如洪鐘，只是鬢角增添了幾縷白髮，卻不失為一個精神矍鑠的中年漢子。他熱情道：「索羅圖，快給客人上茶。」

索羅圖是李克的助手，從李克白手起家，他就是忠心耿耿的幫手，現在李克發達了，大家過上了好日子，但他依舊純樸憨厚。

索羅圖端上了熱茶和點心。四人熱絡地聊了起來。

「這茶可真不錯！」汪若山喝了一口茶，覺得濃香四溢。

「你喝的茶是我們生產的。我在方圓百公里有二十二座茶山。除了茶葉，我們還生產瓷器。」李克說。

「您在山區經營著兩種最好的買賣。」

「山區光照條件好，日夜溫差大，降水充沛，排水條件又好，很適合大葉種茶樹的生長，收成不錯。再加上我們特殊的發酵工藝，茶香怡人，所以銷路很好。你在城裡喝的茶，有一半都是我們這裡生產的。」

「真好。那瓷器呢？您是怎麼想到生產瓷器的？」

「呵呵，這個就讓索羅圖來給你介紹吧。他打理瓷器生意。」

「我以前是個鍊金術士。」索羅圖笑著說。

「有不少化學家是從鍊金術師起家的。」汪若山也笑了。

「當然，鍊金是不可靠的。我們都知道陶器顯然是落伍了，而瓷器的價值幾乎比得上白銀。我們發現了高嶺土。把爐溫提高到一千四百度，燒出來的瓷器光彩照人。」說著，索羅圖拿起一個精美的瓷茶壺遞給汪若山。

他接過來看，的確做工精美，上釉考究，壺身印有一個野牛的圖案。

「這個圖案有什麼含義嗎？」汪若山問。

「這是當地部落的圖騰。」李克說，「尼魯是部落首領，他的勢力很大。我們做生意收入的挺大一部分都要交給他。他聲稱保護我們，但苛捐雜稅比強盜還可怕。他這個人，對待異己，經常動用私刑甚至暗殺。我縱然是個成功的商人，有錢，也有地位，但和他打起交道依然很不愉快。呵呵，不說這些不愉快的了。你上次說你在做科學研究，是研究什麼呢？」

「理論物理，確切說是量子物理。」

「你們科學家研究的東西我搞不懂，這個東西研究出來能做啥？」李克說。

「比如說，你們現在要把爐溫提高到一千四百度是不是需要十幾分鐘？燃料成本不低，溫度控制也挺麻煩，對不對？我要做的是，找到一種東西能夠讓爐溫在千分之一秒內達到這個溫度，而且可以精確控制。」

「那麼厲害！知識真是不得了。我對有知識的人很欽佩。我們只是做些生意，無非是為了錢。但你們在研究這個世界的謎底。這個世界最終是被你們這些有知識的人推著走的。」

李克雖然從商多年，城裡也去過幾次，但每次都很匆忙，其實他對那些「外來人」了解得並不多。汪若山向他介紹了自己的大學，又以淺顯的語言講解了自己正在研究的專案。他的講述很生動，不僅做父親的愛聽，阿玲也愛聽。李克對汪若山讚不絕口，碰到這種情況，阿玲則一聲不響，但從她泛起紅暈的臉頰和閃著幸福之光的明亮的眼睛裡，可以清晰地看到，她那顆少女的心，已不復屬於她自己了。李克也許沒有注意到這些徵象，但這可逃不過汪若山的眼睛。

他們相談甚歡。阿玲向父親提出帶汪若山出去走走。

父親欣然同意。

他們在草原上策馬奔騰，那一刻的美好，恨不得永駐，然而美好的時光總是倏忽飛逝，很快就到分別的時候了。他們拉著馬兒，邊走邊說。

「我要走一陣子。」汪若山說。

「很久嗎？」阿玲問。

「我不要求妳現在就和我走，但是，我下次回來的時候，妳願意跟我走嗎？」

「什麼時候？」阿玲紅著臉問。

「兩個月。到那時，我會來向妳求婚。」

阿玲咬著嘴唇點點頭。她大約從未如此羞澀過。

汪若山按捺不住低下頭去吻她。

「那事情就這麼說定了。我待的時間越長，就會越捨不得離開妳。但我必須先走了，去處理一些事情。兩個月後見，那時我們就永遠在一起了！」

說著，他鬆開了抱著她的手，然後翻身上馬，頭也不回地一路狂奔而去，彷彿生怕再望一眼她，就壓根兒不想回城了似的。

阿玲佇立在那裡，目送他越來越遠，直至消失在地平線上。

她感到幸福，含笑轉身朝房區走去。

5

李克聽到門閂聲音的時候，一轉身，看到一個高大的身影。

他的心情原本是很好的，這是一個晴朗的早晨，他正打算去茶園走走，卻撞上了他最不喜歡的人。

沒錯，來者是尼魯。

尼魯身材矮壯，棕色頭髮，腳步沉重，腰間還彆著一把刀。

李克明白，尼魯親自來找他，恐怕是沒什麼好事。他心裡不由得緊張起來。

「李克兄弟，早上好！」尼魯說話了。

「首領早上好。您親自前來，有什麼重要的事嗎？」

「有一件重要的事情。」

「坐下來講吧。」李克吩咐侍者上茶。

「我一直以來都把你當朋友看待。」尼魯坐下來說道，「在我的保護之下，你漸漸致富了。」

「是的，這要感謝您。」

「可是你拿什麼來回報我呢？」

「保護金，我一分也沒有少交。」

「我保證，你以後不用交保護金了。」

「那我要謝謝您。」

「有一個好機會，你和你的家人能被更好的照顧。」

「我和我的女兒彼此照料，我們感到很安心。」

「我要說的正是你的女兒。」

「她怎麼了？」

「她長大了，女大十八變。她已經出落成了整個山區裡的一枝花，不少有權勢的人對她青睞有加。」

聽了這話，李克驟然緊張起來，他有一種很不好的預感。

「我聽到一些風言風語。有人說，她和一個異族的小夥子打得火熱。當然，我是不相信這些流言的。」

「感情的事情，還是應該由孩子自己做主。」

「孩子的選擇是任性和盲目的。只有門當戶對，才能有更好的未來。」

李克沒有作聲，擺弄著手裡的空茶杯。

「你可別誤會，你的女兒還年輕，不能嫁給一個像我一樣的老頭，可是我還有孩子呢。我不喜歡拐彎抹角。我的兒子尼薩想必你是見過的。他很有才幹，將來還會繼承我的位置。他很樂意迎娶你的女兒。這可是一樁好姻緣。你覺得怎麼樣？」

「您得給我們一點時間。」李克心裡惱怒起來，眉頭緊鎖，「她年紀還小，其實還沒到結婚的年齡。況且，我還是那句話，這件事要由她自己來決定。如果她喜歡您出色的兒子，我當然會支持這件事。」

「那麼，她有一個月思考的時間。」尼魯開始不耐煩，說話間站了起來，「時間一到，她必須做出回答。」

「這是不是有點太急了？」

「李克，你心裡清楚，山區最有權勢的人究竟是誰？多少人想攀這門親都沒有機會。固執己見，是沒有好結果的！」尼魯用手掌在脖子上抹了一下，做出威脅的手勢。

說罷，他轉身走出房門，沉重的腳步聲在碎石小徑上漸漸遠去。

李克手裡的茶杯快要捏碎了，他憤憤不已。

他不知道怎樣向女兒開口講述這件事。

「爸爸……」

李克一轉身，看見了身後的阿玲。

阿玲的臉上布滿了緊張和不安，顯然，剛才那些話她都聽到了。

「妳都知道了？」李克嗓音沙啞。

「我該怎麼辦呢？」阿玲扶著李克的肩膀說，「這是不可能的事。我有意中人了！」

「別怕！」李克用力捏了捏女兒的手，另一隻手撫摸著她烏黑亮麗的頭髮，「是上次那個小夥子吧？」

「是的。」阿玲紅著臉點點頭，非常堅定。

「爸爸懂了。他是個好小夥子。明天索羅圖去城裡辦事，我讓他給汪若山捎個話，如果妳沒看走眼的話，他應該會快馬加鞭趕回來。」

阿玲聽了這話，心裡好受多了，但是一轉念，又不安起來。

「我聽說過一些可怕的傳聞，違抗尼魯的人，下場很悲慘。」

「至少一個月內還是安全的。我剛才並沒明確反對他，這也是緩兵之計。」

「接下來您是怎麼打算的呢？」

「也許，離開山區，去城裡生活是唯一的辦法。」

「可是我們祖祖輩輩都生活在這裡。」

「此一時彼一時，為了妳的安全，我什麼都願意做。」

「您的茶園和瓷器廠呢？」

「賣掉茶園和瓷器廠。時間是緊了些，但我會盡力安排好的。相比較那些身外之物，家人的安危和幸福，才是重要的。山區被尼魯統治，情勢一天不如一天，我不止一次萌生離開的念頭了。所有人都對尼魯這夥人俯首帖耳，我可做不來。我在任何人面前都不想低三下四。我希望妳也是這樣，要活得有骨氣、有尊嚴。他要是膽敢強迫妳，就讓他吃我的子彈！」

「我的好爸爸！」阿玲摟住了父親的肩膀。

「妳別太煩惱，什麼也別怕，這件事最終會解決好的。」

李克說這番安慰女兒的話時，語氣堅定，但阿玲還是察覺到了當晚的父親與往常不同。

李克在院子外面蹓躂後，進入房間仔細地插緊門閂，取下了掛在客廳牆上生了鏽的獵槍，裝上了子彈。

第二章　為愛私奔

1

「這種特殊的安排，我承受不起，在其他同事面前很不好意思。」汪若山正隨手翻閱著一本破舊的筆記本。

「您可別總是想像自己應該苦命。我們沒必要追求吃苦。苦往往會不請自來的。」高帥總結道，「依我看，人哪，別餓著，別困著，別凍著，就可以開心了。」

「我有記日記的習慣。我在翻舊日記本，看到十六歲時寫的日記。有一篇看了挺感慨。」

「我能拜讀一下嗎？反正等您出名了，日記都是要出版的。」

汪若山大方地把日記本遞給高帥。高帥接過來看，筆跡稚嫩，那一篇是這麼寫的：

五月十五日，晴

今天，我的心情很平靜，我想到我應該梳理一下自己的一些想法。首先，我覺得我們這些來到塵世的人很奇怪！每個人來到世上都只是匆匆過客。目的何在？無人清楚。雖然有人時而會有所感悟，但我聽了總覺得好像不夠透澈。我認為，我們是為其他人而活著的。其實，其他人的歡樂與安康與我們自身的幸福息息相關。是同情的紐帶將素昧平生的命運聯繫在一起。我每天都會意識到，我的物質生活和精神生活相當程度上建立在他人的勞動成果之上。你去學校，有老師教你；你去餐廳，有廚師和服務員為你服務；你走到任何地方，都在享受他人付出的勞動。這些人，有的健在，有的故去。對於我已經得到和正在得到的一切，我必須盡全力做出相應的回報。我渴望過飽受磨礪和簡樸的生活，我相信，這對每一個人的身心都是有益的。

每個人的行為，不僅受制於外在的壓力，還受限於內在的需求。叔本華說：「人雖然可以為所欲為，但卻不能得償所願。」我想，對於磨難中的人來說，這句話是能夠帶來慰藉的。這是寬容的源泉。

從客觀角度來看，探究一個人自身存在或一切創造物存在的意義或者目的，似乎是愚蠢的。但是，每個人都應該有一定的理想。這些理想決定了他的奮鬥目標和判斷方向。在這個意義上，我不會將安逸和享樂視為終極目標。以安逸和享樂作為目標，那是豬群的理想。

一個幸福的人對現在感到太滿意，就不可能對未來思考太多。年輕人應該投身於大膽的計畫。一個嚴肅認真的青年，一定要對自己所渴望的目標形成盡可能明晰的想法。如果運氣好，我將考上一所名牌大學，我將在那裡學習四年數學和物理學。我想成為自然科學分支專業的一名老師，我會選擇其中的理論部分。促使我制定這個目標的是這樣一些理由：我個人傾向於抽象思維和數學思維，我缺乏想像力和實踐能力。人們總是喜歡做他具有天賦的事情，這是十分自然的。另外，科學事業往往存在一定的獨立性，那也正是我非常喜歡的。

「我發現您打小就是個奇人。猜想這輩子結束，也就成了傳奇。您似乎完全踐行了您十六歲時的計畫。」

「我是感慨，人們小時候總是知道自己在幹什麼，現在的我已經沒了日記裡那種壯志。那時候的心地可謂純潔。」

「我看您現在也沒有心地不純潔。那麼漂亮的女學生追求您，您不為所動。」

「不瞞你說，我已經心有所屬了。」

「哈哈，給我看看照片！」

「等塵埃落定再說。」

2

一部歌劇的最後一個音符停息，臺下爆發出經久不息的掌聲。

「汪老師，看完這部歌劇，您有什麼感想？」劉藍問。

「演員演得很好。」汪若山說道。

「對整個故事呢?您怎麼看?」

「根深蒂固的思想,有時候是害人的。賈寶玉的家長就有根深蒂固的思想。他明明喜歡林黛玉,卻被家長安排娶了薛寶釵。表面上來看滿足了家長的希望,但卻深深地傷害了當事人,使他們三個人最終都不得幸福。」

「換作是您呢,喜歡林黛玉還是薛寶釵?」

「我想到了愛因斯坦。」

「什麼?」

「愛因斯坦說,上帝不擲骰子。他相信確定性,這是他根深蒂固的思想。這個思想使他後半生的成就大打折扣。」

「您講話轉折得可真快!是說那場著名的論戰吧?」

「是的,那場論戰,愛因斯坦輸了。而他原本是量子力學的創始人之一。」

「波爾後來居上。」

「是的,他的哥本哈根詮釋,比如不確定性原理、波函數坍縮原理,現在已經成為量子力學的正統解釋。愛因斯坦極為反對哥本哈根詮釋中的那些模稜兩可的解釋。他認為這些解釋是不完備的，之所以量子看起來是隨機的，那是因為我們還沒有掌握其中的未知變數，就好比擲骰子的時候我們不知道骰子丟擲去時的引數，一旦我們掌握了這些變數，那麼量子就不再是隨機的了。基於這個思想，愛因斯坦試圖建立一個新的量子力學理論，但後來這被證明是錯的。」

「嗯，他根深蒂固的『確定性』思維，使他站錯了隊。」

「所以人應該永遠保持反思。」

「但一個人總不能一直成功下去吧？愛因斯坦的成就已經夠得四次諾貝爾獎了。」

「當然，人無完人。」汪若山站在劇院門口，望著散場後空蕩蕩的座席說，「妳學了這麼久，都快畢業了，妳現在怎麼看量子力學呢？」

「我曾經想，如果拿一個蘋果，把它切成兩半，把其中一半再切成兩半，如此持續地切下去，最終會得到什麼？」

「或者妳可以換個說法。例如，以不斷靠近的方式觀察一個蘋果，發現萬物都是由一套共同的積木——我們稱之為元素，或者原子——排列組合而成。但是我們不滿足於此，我們還將繼續靠近這些積木，看看它們是不是由更小的東西組成的。最終揭露出來一個由許多稀奇古怪的粒子所組成的世界。」

「那您怎麼看待這個世界呢？」

「這個世界的景色從諸如蘋果之類的日常可見之物開始，逐漸延伸至難以想像的荒野邊緣。」

「這個世界有盡頭嗎？」

「我不知道這個世界有沒有盡頭，無法分割的粒子是否存在。但我相信我們會在相當長的時間裡一直朝更微小的世界航行。這個時間也許能長到我們人類毀滅的那一天。」

「人類會毀滅嗎？」

「比起人類將雄霸宇宙來說，我更願意相信人類只是無限宇宙中的滄海一粟。」

上述這番對話，發生在週末的晚上。G城大學校慶，上演了一部由學生演出的歌劇《紅樓夢》。

事後，劉藍與高帥又有一番對話。

「劉藍，你的想法我知道，你對他挺有意思的。」

「有意思也沒辦法。我問他喜歡哪種女生，他卻和我聊愛因斯坦。」

「哈哈哈，你是想說他是個古板的人嗎？」

「古板又性感。不知為何，他越是正經就越發性感。」

「據我了解，他表面冷靜，內心其實有一團火。」

「一團火？」

「他心有所屬了。」

「啊？誰這麼幸福？」

「他保密工作做得很好。」

「我以為他一心都撲在教學和科學研究上了呢。」

「他的心可野著呢，老往外跑。」

「跑去哪兒？」

「山區。如果我沒猜錯，他的相好就在那裡。」

「那我要來不及了。」

「你到底迷上他什麼了？」

「說不清，道不明。」

「唉，所以說愛情是盲目的。」

「你和他熟，可得幫幫我。」

「我本人就可以幫你。」

「你有家室啊！」

「馬上要散夥了。」

「我才不蹚渾水。」

「他比你大十二歲。」

「您比我也大五歲呢。」

「五歲是量變，十二歲是質變。」

「楊振寧比翁帆大五十四歲呢。」

「妳這個例子，實在是讓我啞口無言。」

「我相信汪老師一定會成為楊振寧那樣厲害的物理學家。」

「這我倒不懷疑。」

劉藍和高帥的此番對話發生在學校的圖書館裡。大約是因為校慶的緣故，很多地方都被修葺一新。這座圖書館不大，是一幢白色的三層小樓。閱讀區幾十張白色的桌子，讀者都坐沙發，沙發也是白色，而且總是那麼白，好像每天都有人換沙發套似的。沙發坐上去軟綿綿的，累了時身子往下一癱，脖子往後一仰，就能美美地睡一覺。雖然設施很好，但藏書類型比例嚴重失調。有關生物科技和物理學方面的書籍特別多，但文化藝術類就寥寥無幾。學生人數六千人左右，教師近百人，這規模不可謂不大。學校占地面積裡有一半都是植被。亭臺樓閣，小橋流水，高大的松柏，岸邊的垂柳，幾十種爭相鬥豔的花卉隨處可見，彷彿一個植物園。徜徉其間使人十分愜意。

「汪老師最近在做什麼呢？」劉藍問。

「在實驗室搞研究。」高帥說話間看了看錶，「我得回去了，最近任務很重，我們在趕進度。」

「很忙嗎？」

「非常忙，但我發現他這兩天魂不守舍。我問他為何恍恍惚惚，他又不肯說。眉頭緊鎖，好像在思考什麼人生大事。」

「出什麼事了？」

「上週末，有個長相粗野的人來找他，一看就是來自山區。他們在樓下一個隱蔽處交談了五分鐘。回來後汪老師就成了這副樣子。他還對我說，接下來無論發生什麼事，都不要過分驚訝。他說這話時我可真替他捏把汗。」

「幫我把這個帶給他。」劉藍從書包裡拿出一盒漂亮的巧克力，「讓他別太辛苦。」

高帥望著眼前的劉藍，這個漂亮的女學生，身材高挑，面容精緻，特別是笑起來非常甜美。她居然這麼死心塌地地喜歡汪若山。他心想若是有這樣的女生喜歡自己，還不得高興得一蹦三尺高。

「發什麼呆呢？」劉藍把巧克力的盒子在高帥眼前晃晃。

「汪老師真幸福。」

「我快畢業了。」劉藍大大的眼睛望著窗外憧憬道，「我畢業後最大的理想就是嫁給汪老師。」

「雞皮疙瘩掉一地！」高帥作勢抖了一下手臂，伸手接過巧克力說，「我實在聽不下去了！好吧，我幫妳轉交給他。」

「你好啊，李叔！」

隔了幾天，李克走進家門的時候，突然聽見有人大聲問候他。

早起時，索羅圖出發去城裡了，想到汪若山不久會收到訊息，李克的心情原本好了一些。

「你是誰？」李克問來者。

「尼魯是我的父親。想必你一定知道我是尼薩。」

尼薩的鷹鉤鼻十分顯著，他膚色黝黑，面堂油亮，似乎一個月沒有洗過澡，走起路來身上不明的飾物叮噹作響。

李克冷冷地躬了躬身。其實他早就猜到了來者的身分。

「奉父親之命，我來向你的女兒求婚。」尼薩昂著頭，順手把一個箱子放在了茶几上，他開啟箱子，裡面是碼好的一大筆錢，「這是聘禮。」

「奉父母之命？那你自己呢？你愛我的女兒嗎？」李克譏諷地問道。

尼薩沒想到李克會突然這麼問，有點沒反應過來。在他看來，什麼愛不愛的，只要是個美女，誰會不喜歡呢？

「我很想娶她。」尼薩一邊挖著鼻孔一邊說，在這件事上，似乎不會拐彎，更不會委婉，說話直來直去。

事情發展到此刻，李克對尼薩的印象愈來愈差，眼前的這個邋遢的冒失鬼，在他眼裡連牛糞都不如，何談把他心愛的女兒這朵最美的鮮花插上去？

「錢我不要。我並不缺錢。」李克強忍著厭惡和憤怒說，「只要是真心實意，我想我的女兒會接受的。每個人都有決定自己命運的權利，這件事，我當然要徵詢女兒的同意。你先請回吧。我來問問她。」

「那我過幾天再來。」

「下次，你受到邀請，才能踏入這道門。」李克還是沒忍住，嚴厲起來，指著門口說，「如果沒有受到邀請，擅自闖進來，萬一我看錯了，把你當成了賊，槍子兒可沒長眼睛。」

「整個山區都是我父親的領土，我想去哪兒就去哪兒。」尼薩說罷，竟不合時宜地哈哈大笑起來。

李克立刻轉身從牆上取下了獵槍，攥在手裡。

尼薩看見獵槍，立刻止笑，連忙後退了兩步。

「你要幹什麼？」

「我這裡不歡迎你！」

「你完蛋了！」尼薩紅著臉吼了起來。

「那要看誰先完蛋！」李克直接舉著槍向前走了兩步。

「距離約定的一個月，可沒有幾天了！我等你的信兒！」尼薩被李克的槍口嚇住了，連連後退，臨出門前，他撂下這句話。

3

山區的夜晚，特別寂靜。

偶有動靜，也往往是一些不知名的飛禽走獸製造出來的。你可以說這裡的夜晚很安詳，但也可以說這樣的夜晚很駭人。人們在夜裡是不大出來走動的。如果晚間出來，有可能會看到綠油油的螢光斑點在一公尺左右的高度飄浮，但那可不是什麼螢火蟲，那是狼的眼睛。下一分鐘，瞅見這一幕的人就可能被那些飢餓的狼群撕碎，成為牠們的腹中餐。

此刻的李克和女兒阿玲，感覺自己被比狼還可怕的禽獸徹底包圍了。

「嫁給他，我寧可去死！」阿玲憤憤地說。

「那個混帳東西，我絕不會讓他得逞！」李克斬釘截鐵地說。

李克知道，接下來的日子不好過，尼薩一定會給予威脅和警告。

第二天一早，李克還躺在床上，迷迷糊糊感到自己眼前有一個物體輕輕地晃來晃去，他驀然睜大眼睛，驚訝地看到自己鼻尖上懸著一把鋒利的匕首，他只稍一抬頭，那刀尖幾乎要戳中他的眼睛。

李克小心翼翼躲開刀尖，側身一骨碌爬起來，緊張地四下檢視，卻看不到一個人影。回頭看那匕首，它是被細細的繩子從房梁上懸下來的。仔細一看，匕首的木柄上還刻著一列小字：今天是第二十九天。

李克當然不乏勇氣，不惜一切保護女兒，但這種懸在頭上的影影綽綽的恐怖氣氛，依舊使他不寒而慄。任何能看得見的危險，他都可以堅毅地面對，但是這種不知會來自何處的凶險，卻叫他緊張不安。這個日期的提醒，比起任何威脅來，都更加驚心動魄。李克百思不得其解，懸著的匕首是怎麼被安在他臥室裡的？門窗明明緊閉，蒼蠅也飛不進來。他握著匕首仔細端詳。這中間可怕的是，要是有人要殺他，完全可以神不知鬼不覺地在他睡夢時將他一刀斃命。一個人縱然再強壯、再勇敢，面對如此詭祕的力量，又能有什麼辦法呢？

無論如何，李克把內心的恐懼隱藏起來，不讓女兒知道，他不想讓她感到害怕。然而，阿玲憑藉著對父親的愛，一眼就看出了父親的不安。

「您的臉色不好，是生病了嗎？」吃午飯的時候，阿玲問父親。

「沒有，我身體好得很。妳呢？昨天睡好了嗎？」李克強裝鎮定。

「我做噩夢了……」

「夢見什麼了？」

「夢見我被尼薩擄走了，將要成為他的妻子，新婚之夜，我將一把匕首刺進了自己的心臟。」阿玲咬著嘴唇道。

李克的心裡咯噔一下。這不是個好徵兆。

他相信，夢是有所預示的。

「傻孩子，別胡思亂想。」李克安撫道，「不過，這件事我另有考慮。我相信汪若山，但我們也不能把一切希望都寄託在他身上。我今天會出去走走，探探路，也許不用依賴他，我們自己就能離開這裡。」

「您要出門？我不想一個人待在這裡，尼薩隨時會來找我。」

「索羅圖陪著妳。」

「那好吧，您快去快回。」

當天下午，李克騎馬佯裝出門辦事，才離開房區兩公里，就被尼薩的人截住了。

「我要去城裡辦事！你們想限制我的人身自由嗎？」李克大聲對幾個尼薩的騎兵說。

「有什麼事，交給我們去辦。」為首的騎兵面無表情地說。

「不必了。我自己去！」

「放你走，尼薩會砍掉我們的腦袋。」

騎兵寸步不讓。但李克知道，目前而言，所有的威脅都是有驚無險，因而他想測試一下這些尼薩的手下能幹出些什麼尺度的事來。於是他就用皮鞭在馬屁股上抽了一下，馬兒奮力奔跑起來。他預備擺脫這一夥人。

李克御馬前行，尼薩的手下卻並沒有追上來。他驀然覺得，攜女兒出逃，也許不是難事。

砰！一聲清脆的槍響，一顆在空氣中飛速穿行的子彈似乎擊中了哪裡。

李克突然覺得自己的身子往下一沉，緊接著便頭朝下摔進了草叢裡，若不是草墊緩衝了這股撞擊的力量，這一下子腦袋上非開一個窟窿不可。儘管有草墊的緩衝，他依然眼冒金星，至少有一分鐘完全無法從地上爬起來。

當他抬起頭的時候，他看見一匹馬的頭，沒錯，這正是他自己的坐騎，牠雙眼空洞，正齜著牙，大口喘著粗氣，一起一伏的肚子上，有個人眼睛那麼大的窟窿，正汩汩地冒著鮮血。

李克奮力拉著受傷的馬，往家的方向走，他朝四下望去，那些騎兵早已不見了蹤影。

李克是愛馬之人，特別是這匹馬，牠是一匹非常出色的駿馬，毛色純正，線條優美，肌肉強勁。牠跟隨他多年，忠心耿耿。

當晚，馬死了。

雖然槍口是對準馬射擊的，但在那種運動的狀態裡，偏離一點點就會擊中騎在馬上的人。

可見，尼薩是根本不顧李克死活的。

李克和阿玲艱難地熬過了這一夜。

第二天正午，李克站在窗前，望著眼前巍峨的雪山沉思許久。那雪山是如此聖潔，好像離塵世的紛擾十萬八千里，但山腳下的李克和阿玲，卻被凶險和恐怖包圍著。
「今晚，我們再試試。」李克轉過身來，對枯坐在木椅上的阿玲說。
「逃走嗎？」
「是的。」
「走得掉嗎？」阿玲不太相信。
「汪若山對付不了尼薩。不能把希望完全寄託在別人身上。我們首先要靠自己。」
當晚，索羅圖安排好了一切。他為李克父女準備了乾糧和水，這位忠心耿耿的助手，申請留下來斷後。
「放心吧，你們先走，我留在屋裡避免他們以為屋裡沒人了。隨後我一個人離開，目標小，總是容易些的。」索羅圖說。
「保重！」李克含淚道。
他們用力地抱在了一起。
父女二人趁夜色上路了。
李克知道，這次出逃，凶多吉少，但他的信念始終不曾動搖：只要他一息尚存，就不能讓女兒受辱。

4

索羅圖是個寡言少語的人，縱然生意做得很成功，但他依舊在人前不怎麼說話，這倒使他在生意場上顯現出一種可靠的感覺。因為其他做生意的人不免誇誇其談，把一說成是二，或者是酒後稱兄道弟，亂許諾言。索羅圖不會這樣。他雖然外表粗壯，但你盯住他瞧一會兒，就會發現，他五官端正，眉宇間隱藏著秀氣，年輕的時候有可能是個美男子。他內心細膩而平靜，他似乎一輩子都活在對人完全的信任之中，而與他接觸的人任何時候都沒有把他當成頭腦簡單或幼稚的人看。因為厚道以及中年發福後變敦實了的身材，使他身上突顯出一種裁判的氣質，縱然他不想當任何人的裁判。他好像什麼都能寬容，沒有一點責備的意思，誰也不能使他驚訝或者害怕。而且，他也絕不以此為榮。凡是索羅圖所到之處，人人都喜歡他，從很小的時候起，就一直是這樣。他可能是世上絕無僅有的一個人，倘若你突然讓他身無分文、孤零零一個人待在異鄉的G城的廣場上，他絕不會活不下去，不會餓死或者凍死，因為馬上會有人給他東西吃，安頓他住下；萬一別人不給安置，他自己也能找到棲身之所，這對他來說不費吹灰之力，無須忍受任何屈辱。而讓他安身的人也不會感到任何負擔，反而認為這是件愉快的事。

就是這麼個人，此刻，面前站著尼薩。

尼薩把對準索羅圖的槍收了起來，別在了腰帶上，兩手叉在腰間。尼薩正好是索羅圖的反義詞。他屬於任何人接觸下來都會反感的那種人，連他的父親尼魯都不太喜歡他。但沒辦法，尼魯在一場部落戰鬥中，被子彈擊中了睪丸，再也不能生育了，只留下尼薩這一個兒子。這個驚人的祕密只有尼魯和他的女人們知曉。那些女人當然不敢亂說出去，怕被割掉舌頭。若不是畏懼尼薩的地位，恐怕沒人喜歡接近他。尼薩令人反感的首先是他的長相。他浮腫得厲害，那雙永遠不知羞恥和充滿狐疑的小眼睛下長出了皺巴巴的眼泡兒，透出一副邪淫相。這模樣還得加上一張貪慾的大口，從兩片肥厚的嘴唇後面露出差不多已經爛掉的黑牙，那幾顆黑牙只剩下小小殘冠。他一開口說話就唾沫四濺。他自己也愛拿這張臉開玩笑，不過他對這張臉好像還挺滿意，他特別要指出自己的鼻子，鼻子不大，呈現非常突出的鷹鉤狀。他為此還挺自豪，認為這是天然的貴族相。當然，能夠描述的不僅是這些，他還有另外一些特徵：奇裝異服，隨地吐痰，從不洗澡，汙言穢語，極度自私，殘忍成性，而且，動不動就發出驚天動地的大笑。

「哈哈哈哈……有人說我是個惡魔。但我在您的面前，至少不應該拿槍指著您。」

尼薩能這麼講話，已經算是表現出極大的尊重了，這源於尼魯在尼薩小時候的叮囑：你要向索羅圖這個人學習。

「謝謝。」索羅圖平靜地說。

「但您真不打算告訴我他們上哪兒去了嗎？」

「我不想說謊。他們應該是去能令他們高興的地方了。」

「我要是在你腦袋上開一個窟窿，你還會含含糊糊嗎？」尼薩眼睛瞪了起來，但嘴角仍是發笑的，他的手不自覺地摸到了腰間的手槍。

「我腦袋上的窟窿，已經夠多了。」索羅圖依然很平靜。

「哈哈哈哈……」尼薩哈哈大笑起來，他是真的被索羅圖的話給逗樂了。

另一頭，李克和阿玲分別騎著一匹馬，在夜色中快馬加鞭。冷風嗖嗖地吹在臉上。他們心裡惴惴不安。特別是李克，他十分擔心索羅圖的安危。但這個安排，又是索羅圖所極力爭取的。他以這種方式來踐行他們深深的友誼。多年來，他們彼此相互扶持，情深誼長，情同手足。

遠處，隱約出現了一個光點，光點越來越亮。

不多時，一個光點變成了多個，並且離他們越來越近。

那是火把，舉著火把的人，正是尼薩的騎兵。

彷彿一切都是徒勞的，很快，騎兵們便發現了前方的兩匹奔跑中的馬。他們策馬狂追。李克和阿玲被抓回來的時候，在自己的房間裡呆立許久，儘管已經做足了心理準備，但他們依舊震驚不已，因為他們看到了倒在血泊中的索羅圖。

顯然，索羅圖遭受了殘酷的虐待，他的鼻子和一隻耳朵都不見了，一隻眼睛變成了一個黑洞，殘血滑過了他那堅毅的臉頰。

他的另一隻眼睛卻睜著，保持著臨死時的表情，是那樣的平靜。

凶手特意沒有收屍，就是想讓李克看到這一幕。

尼薩不在現場，騎兵們在把李克和阿玲抓回來後也是將他們好好地安置在房間裡，還特意送來了鮮花和水果，弄得房間裡芳香四溢，這和地上流血的屍體形成了詭異的對照。

騎兵撤退了，留下李克和阿玲，在這個陰森森的房間裡擔驚受怕。阿玲因為極度的悲傷和怵目驚心，不禁扭頭嘔吐。李克走上前去，伸手默默為他這位多年的好朋友和好搭檔合上了那隻睜著的眼睛。他飲淚而泣，儘管沒有哭出聲來，但雙肩因為痛苦而顫抖。他深深地自責，追恨自己葬送了好人索羅圖的性命。

第二天一早，李克親手為索羅圖挖好了墳墓，安葬了他。他跪在墳前許久，淚流滿面，追憶著索羅圖的種種過往。

5

生活的殘酷日日逼迫。

李克不敢再帶著阿玲去冒險了，走也不是，留也不是，他們在焦慮中麻木起來。

有一天早上，李克發現家中的外牆上赫然寫著：還剩兩天。

隔天就是限期的最後一天。到時候會發生什麼情況？他滿腦子都是種種可怕的情景，影影綽綽又光怪陸離。

難道真的沒辦法掙脫罩在他倆身上的這張無形的網了嗎？他絕望了，當天夜裡，想到自己這麼孤立無助，他不禁伏在桌上無聲地抽泣起來。

寂靜中，門外發出一陣輕微的刮擦聲。

什麼聲音？

聲音很輕，但是夜深人靜，卻聽得非常真切。

李克躡手躡腳走過去，貼門細聽。聲音停了一會兒，接著傳來兩下令人不寒而慄的拍門聲。

來人莫非是尼薩派來祕密處決他的午夜殺手？要不然就是前來標示期限最後一天的部落

成員？

這種令他神經震顫、心頭冰冷的驚恐，比死還要難受。

無論如何，只能面對。他縱身向前，拔出門閂，一把拉開了門。

屋外一片寧靜。

夜色晴朗，星光密布。眼前的小花園裡，花草影影綽綽。

李克鬆了一口氣，但他驀然感到自己的腿像是被什麼東西給纏住了，他低頭一看，嚇了一跳，分明是有個人正蹲伏在地上，抱著他的腿。李克剛要喊叫，那人朝李克豎起一根手指放在唇前發出一聲：噓！

李克連忙用手捂住嘴，不讓自己叫出聲來。他連忙拔出那條腿，轉身從桌上拿起獵槍，轉眼間，槍口便對準了這個不速之客。

那人一步跨進屋門，轉身關門。

李克的手指幾乎要扣動扳機。

但他終於看清楚了，來人不是別人，正是汪若山。

此刻的他，充滿暴戾之氣，表情堅毅決絕。

「若山？」李克聲音嘶啞，「你嚇人一跳。你怎麼會這副樣子呢？」

「給我點吃的。」汪若山喘著粗氣說，「我根本沒有時間。科學研究專案趕進度，學校不給我准假，不然我早就來了。這附近被戒嚴了，騎馬目標太大，馬在遠處，我是徒步走來的，已經有兩天沒吃東西了。」

還沒等李克把食物遞給汪若山，他便朝著桌上吃剩的冷肉和烙餅撲過去，狼吞虎嚥地吃了起來。

「阿玲還好嗎？」汪若山嘴裡含著食物問。

「目前還沒事。」

「我剛才幾乎只能爬著進來。還好，這些年常在山區走動，跋山涉水，風餐露宿，我對這裡很熟悉，他們想逮住我可不容易。」

「第一次見你的時候，我以為你是個特種兵，可沒想過你是個大學教授。」李克此刻有了一個可信賴的同伴，頓時覺得自己像是換了個人。他情不自禁地抓起汪若山粗糙有力的手，緊緊握住，「好樣的！能這樣趕來和我們共患難，太難得了。阿玲喜歡你，也在情理之中！」

「我也不是完全不怕，剛開始也拿不定主意要不要把腦袋伸進這個馬蜂窩，但想到阿玲，我絕不能讓她受到傷害，我一定要帶你們離開山區。」

「我試過，失敗了。這裡很難出去。」

「今晚再不走，就來不及了。我有兩匹馬在飛鳥谷等著我們。阿玲呢？」

「她在睡覺。」

「快去叫醒她。」汪若山說，「上次那個大叔呢？」

「索羅圖死了。」

「他是個好人。」同情的神情浮現在汪若山的臉上，但轉而他又堅毅起來，「我們不能再耽誤時間了！」

趁李克去叫醒女兒準備出發的當口，汪若山把所有能找到的食物和水一股腦兒塞進背包裡。他憑經驗知道，山區的水源很分散，有時候走很遠的路也找不到一處水源。等他收拾好這些東西，李克已經帶著阿玲出來了，他們裝束停當，可以上路了。

阿玲看到汪若山，立刻撲過去緊緊抱住了他。

他們分別已經一個月，況且在這生死攸關的時刻，情感的迸發尤其劇烈。情意雖濃，但處境危險，要做的事情很多。在汪若山匍匐爬行到這座屋子來的一路上，他已經對處境的凶險有了親身體驗。

「我們必須馬上出發！」汪若山說，「我們悄悄從側窗爬出去，徒步穿過麥田。麥子長得很高，從那兒走不容易被發現。上了大路，只要再走五公里，就到飛鳥谷了。那兒有兩匹馬。

天亮前，我們必須走到那裡。」

「如果遇到攔截，我就讓他吃槍子兒！」李克手裡握著獵槍。

「我這裡也有一桿獵槍。」汪若山拍拍背上的槍，「如果他們人多，就只好先撂倒幾個跑在前面的。」汪若山從未想過自己有一天會殺人，但為了阿玲，他敢幹。

這一刻的他，完全讓人無法想像他竟然是個大學教授。

李克很喜歡汪若山的這種氣勢。這表明了他的決心。決心越大，他們出逃成功的機率就越大。

屋裡的燈火都已熄滅，從昏暗的窗戶望出去，周圍的一切，看上去是那麼寧靜怡人，沙沙作響的樹林，開闊寂靜的田野，讓人難以忘懷，更讓人難以想到這是一個殺機四伏的所在。

眼前的麥田曾是李克的土地，現在他卻要和它訣別了。但他還是按捺住了心頭的悵然。為了女兒的尊嚴和幸福，即使傾家蕩產，甚至付出生命，他也是甘願的。

他們小心翼翼地推開窗戶，相繼翻了出去。

他們屏息凝神，彎著腰，深一腳淺一腳穿過了花園，抵達了麥田的邊緣。

忽然間，交談的聲音傳入耳朵。

三人立刻趴伏下來，大氣不敢出。

汪若山的手指勾在了獵槍的扳機上。

那是兩個巡邏的人，他們駐足在花園門口，一胖一瘦，手裡都拿著槍，探頭探腦望向花園裡。

「要不要進去看看?」瘦子問。

「黑著燈，猜想是睡著了。」胖子說。

「萬一又跑了呢?」

「嫁給尼薩將軍是她的福氣，幹嘛要跑呢?再說，逃跑的下場，他們心裡有數。」

「要是跑了我們可要掉腦袋。」

「這麼安靜，我猜想她肯定是想開了，睡個安穩覺，養足了精神，明天好做新娘子，哈哈哈……」

「唉，我什麼時候能娶上這麼漂亮的媳婦呢?」

「跟著尼薩將軍好好幹，漂亮女人還不都是我們的!」

「等等!你聽見了嗎?」瘦子突然警覺起來，「我好像聽到麥田那邊有動靜!」

「有嗎?」胖子朝麥田那邊望去，「會不會是狼?」「是人的聲音。」

沒錯，那是人的聲音。一條蛇從阿玲的小腿旁直立起來，蛇信吐出，蠢蠢欲動。阿玲曾說，豺狼虎豹她都不害怕，山區的民風原本也不善養出嬌弱的女子。但她唯獨怕蛇，這是天生的。一提到蛇，就渾身汗毛直豎。何況那是一條近在眼前的毒蛇，一條竹葉青蛇，這種蛇生活在高山上，通身呈亮綠色，三角形的頭，身長半公尺多，牙齒尖利，有毒。這毒倒不會使人立即喪命，但也會使人渾身難受直至吐血或休克。

下意識地，阿玲叫了一聲，聲音並不大，但足以吸引那個瘦高而警覺的巡邏兵。

這會兒，他們舉著手槍，朝麥田走來。

第三章　G城概貌

1

微弱的火把在麥田中躍動著。

竹葉青蛇爬上阿玲的左腳，又爬上了她的左腿。

她用手捂著自己的嘴，努力不使自己驚叫。

李克和汪若山就在身旁，但他們也不敢輕舉妄動，只能眼睜睜看著。胖巡邏兵手握彎刀劈砍著麥稈，開闢出前進的路，瘦巡邏兵緊隨其後。

趁著麥稈被砍斷時發出的嘈雜聲，汪若山伸手一把捏住了蛇頭。

「別怕！」他小聲說，「你們朝那邊走！」

阿玲和李克都用疑惑的眼神望著他。

「別擔心，我有辦法脫身。」汪若山肯定地說。

李克便拉著阿玲迅速低下腰往前走。阿玲不放心，不時回頭望向汪若山。

「誰？」瘦子喊道。由於李克父女發出響動，兩個巡邏兵朝著聲響的方向走來。

汪若山卻迎著巡邏兵快步朝前走。

「站住！」瘦子喊道。顯然他看到了汪若山，手中的槍立刻指向他。

汪若山原地站住，表情鎮定。

「是我。」汪若山說。巡邏兵火把上跳動的火焰映紅了他的臉龐。

「你是誰？在這裡幹什麼？」瘦子問。

「打田鼠的。」汪若山攥著蛇的手背在身後。

「胡說！你連個火把也沒有，能看見田鼠？」瘦子說。

「你手裡拿著什麼？」胖子問。

「這可是好東西，能吃，你們過來瞧！」汪若山說。

兩個巡邏兵舉著火把湊上來看。汪若山倏忽之間一把將蛇擲在了胖子的臉上。

「哎喲！」只聽胖子捂著臉叫喚一聲，「什麼東西咬我！」

汪若山順勢蹲下抓起一把土，揚在了瘦子的臉上，瘦子也叫喚一聲，連忙捂住了眼睛。

兩個人還沒反應過來，汪若山從肩膀上取下獵槍，那實木的槍托著實堅硬，他掄起來給他倆的腦袋上一人砸了一下，他們就躺在地上只剩哼哼了。

汪若山扭頭跑掉。

五分鐘後，他追上了阿玲和李克。三人不敢耽擱，繼續逃亡。

麥田似乎無窮無盡，怎麼也走不完。

阿玲的小腿被麥稈戳破了皮。

「還能堅持住嗎？是不是很疼？」

「沒事，我們繼續往前趕吧。」阿玲堅強地說。

「穿過這片麥田，我們可能就有救了。」汪若山拉著阿玲的手，繼續向前走。

他們終於穿過了這片麥田。走上大路，就走得不那麼艱難了。有一次看見前面有人，他們馬上藏身在小土坡下面，躲了過去。他們折進了一條崎嶇的山道。夜色中，兩座黑漆漆的山峰聳立在前方，中間的隘口就是飛鳥谷，兩匹馬兒在那兒等著他們。

汪若山憑著直覺，帶著父女倆穿行在巨石陣中，沿著乾涸的河道來到一處山石疊嶂的僻靜所在，兩匹忠實的坐騎被拴在木樁上，靜靜地站在那兒。

他們迅速上馬，繼續趕路。

地勢複雜，一般人通常會暈頭轉向，山路的一側是巨大的亂石堆，幾乎沒有落腳的地方；另一側是幾百尺深的懸崖，往下一瞧，心驚肉跳。中間這條彎彎曲曲的小道，窄到只能容單人單騎透過的地步。崎嶇難行的山路上，只有高明的騎手才能策馬前行。然而，縱然有這些艱難險阻，三個逃亡者的心情卻漸漸輕鬆起來，因為每向前一步，就離自由和幸福更近了一步。

他們連夜在隘口縱橫、礫石散布的崎嶇山道上趕路，不止一次地迷路，但每次又重新找準了方向。

破曉時分，一幅荒涼的圖景展現在他們眼前。四周都是白雪覆頂的山峰，重疊隱現的山巒一直綿延到遠方的地平線。他們所處的峽谷，兩側都是陡峭的山崖，崖上的大樹斜插在崖畔上，彷彿在向他們招手。山體參差不齊，裸露著大片殘壁，荒蕪的山谷裡散布著樹幹和巨石，大概都是從山上滾落至谷底的。就在他們通過山口的時候，一塊巨石隆隆作響地滾落下來，寂靜的山谷裡回聲震盪，疲憊的馬受了驚，狂奔起來。

太陽從東方的地平線上冉冉升起，巍峨的山頂相繼被照亮，山峰漸次被染成淡紅色，壯麗的景觀使三個逃亡者精神為之一振。在一道從溝壑湧出的溪流跟前，他們停下來歇口氣，給同樣疲憊的馬兒飲了水，自己也匆匆吃了頓早餐。阿玲和李克想多休息一會兒，但是汪若山不同意。

「這會兒他們可能正在追蹤我們。」汪若山說，「一切都取決於我們的速度。等到了G城，我們後半輩子有的是休息的時間。」

整整一天，他們都在峽谷中艱難前行。傍晚時分，他們計算了一下路程，猜想尼薩的人應該在二十公里開外了。他們選在一座懸崖底下露宿，山岩擋住了凜冽的寒風，他們安安生生地睡了幾個小時。但沒等天亮，他們又起身趕路了。

這一路，沒有發現有人追趕的跡象。

第二天中午時分，乾糧吃完了。汪若山對此並不太擔心，大山裡有的是飛禽走獸。手中的這桿獵槍，能助他收穫食物。高海拔的山區，寒風陣陣，他找了個隱蔽的落腳處，拾了些枯樹枝，生起一堆篝火，讓父女倆取暖。他拴好馬，吻別阿玲，手握獵槍去尋找獵物。

不多時，他回頭望去，見父女二人俯身向著篝火，馬兒一動不動地站在一旁。

再走遠些，山岩便擋住了他的視線。

2

夫妻間無休止的爭吵或者冷戰，常使得婚姻關係走向衰危。

婚姻的不幸，使高帥吸菸成癮。因為菸癮大，引起妻子反感，又加速了婚姻關係的惡化。

最終，高帥告訴身邊幾個關係比較密切的同事和朋友，他離婚了。同事和朋友雖然能夠理解他的選擇，但也都覺得事發突然，而此後，大家便再也沒見過他的妻子。鄰居曾見警察出入他家，警察走後，他連忙出來和鄰居解釋，說家中被盜。

單身後的高帥決定戒菸。因為他認為是婚姻的苦惱導致他開始吸菸，既然婚姻關係解除了，煩惱便也沒了，就不該再吸菸。

至少，不能再一天抽兩包菸了。

這天上午，他忍了很久，最終還是敵不過香菸的誘惑。他放下手中的書，開啟一包香菸，抽出一支叼在嘴上，然後點著火，美美地吸了一大口。

「太過癮了，香菸果然香。」高帥注視著從指間裊裊上升的煙霧，心中不禁發出感慨。

此刻，他身處辦公室，正在看閒書，而且還肆無忌憚地抽菸。這都拜汪若山不在所賜。他的戒菸行動顯然不成功，他不時吸上幾口菸，直到香菸快燃盡的時候，才把菸頭掐滅在菸灰缸裡。菸灰缸裡的菸頭很快堆成了一座小山。

頗具諷刺意味的是，高帥全神貫注地讀的這本書叫《吸菸的危害》。

這本書全面講述了吸菸的歷史和危害。看到具體說明菸草的危害那一章時，高帥不由緊張起來。書上是這樣寫的：抽一支菸相當於給血液裡注射一毫升尼古丁。作者引用了很多實驗數據來詳細論述吸菸的危害，甚至有許多慘不忍睹的插圖，鮮明而直接。最使高帥害怕的是吸菸對心臟的影響。抽一兩支菸就會使心臟的跳動每分鐘加快十到二十次，使血壓的水銀柱上升十毫升。抽菸三年，每天兩包，使他感到心臟不舒服，有一種未老先衰的感覺。最近，一個「菸鬼」同事因患心肌梗死突然去世以後，他越發不安起來。

夜間熟睡的時候，高帥經常被自己的劇烈咳嗽吵醒，這顯然也是吸菸過多造成的。他專門注意過這個問題，如果白天有意識地減少吸菸，晚上咳嗽就會好很多。

想到這裡，他掐滅了菸頭，覺得還是得找個強而有力的辦法來約束自己，比如參加個戒菸組織，過一陣子集體生活。想著想著，他的手又習慣性地伸向了香菸，下意識地打著了打火機，把菸點著了。這一連串動作都是無意識的，完全是慣性。

看到自己指間夾著的香菸，高帥很惱火，他連忙掐滅了著火的菸頭，並伸出另一隻手把剛才拿菸的那隻手打了一下。他感到有點絕望，這樣下去，戒菸成功簡直是遙遙無期。

他從椅子上站了起來，做了一個深呼吸，然後望向窗外的校園。

一個身影吸引了他的注意力，竟使他暫時忘卻了戒菸的煩惱。

他看見了劉藍。

劉藍正往教室走去。她身著一襲紫色長裙，外面罩著黑色風衣，頭髮散著，在風中飛舞。她不時伸手從額前向後捋一下頭髮，露出她那白皙精緻的臉龐。她每撩一次頭髮，高帥的心絃就被同步撥動一次。

然而，另一幕同樣引起了高帥的注意。校長方範從辦公樓出來，走到湖心花園小亭子裡，朝劉藍招了招手，劉藍快步走去，他們交頭接耳說了些什麼，只見劉藍不住地點頭。校長和學生能有什麼直接的私人交集呢？高帥不禁疑惑起來。莫非劉藍和校長有一腿？這麼想的時候高帥不禁在心裡把自己罵了一通，這想法太齷齪。

但是，再看時，更讓他驚訝了。方校長和劉藍交流完兩人就分開了，但方校長沒走幾步，就突然望向天空，雙腿走路的節奏也發生紊亂，四肢關節發生奇怪的扭曲，好像無法支撐住他那發福的上半身，眼看就要倒在地上了，湖心亭的路很窄，且沒有護欄，方校長便一腳踩空，墜湖了。

這可嚇壞了高帥。他連忙轉身衝出門外，飛步躍下樓梯，朝湖心亭跑去。

整個過程也就三分鐘。但是，當他還沒趕到湖心亭的時候，幾個身穿制服的醫務人員便已經站在岸邊，把剛剛打撈上來的方校長往擔架上抬。只見他衣服溼透，頭髮散亂，雙眼緊閉。急救人員見高帥張望，便拿白布單蓋上，遮住了方校長。他追上去問，但他們將他攔下來，一問三不知。擔架被直接抬上了停在一旁的急救車，車玻璃是黑色的，車門一關，便飛速開走了。

高帥驚訝極了。他回頭看見劉藍，劉藍也怔怔地愣在那裡。

「什麼情況？」高帥問劉藍，「校長他怎麼突然暈倒了？」

「可能是心臟病犯了吧？」劉藍神色慌張。

「沒聽說過他有心臟病啊！另外，那救護車也來得太快了吧？就跟事先等在那裡似的！」高帥納悶地說。

「我不知道。我也覺得奇怪。方校長詢問我汪老師的情況，我告訴他汪老師還沒回來。交談結束，我剛轉身，他就掉湖裡了。」

「但願校長沒事。」高帥搖搖頭說。

當天下午，他找系主任詢問此事。

「方校長掉進湖裡了！」高帥說。

「掉湖裡了？」系主任說，「沒聽說呀。」

「我親眼看見他掉進湖裡了。」

「你確定？」

「我們班上的學生劉藍可以作證，她在現場。」

「可是我剛才還看見方校長。」

「不可能！」高帥有點著急，「他被救護車拉走了。千真萬確！」

「你是在說我嗎？」高帥的背後有人說話。

高帥一回頭嚇了一跳，背後那人不是別人，正是方校長。

「您……您怎麼會出現在這裡？」高帥驚訝道，「您不是……」

「你是說中午的事？」方校長跟沒事人一樣，「我那是腳下打滑，不小心掉湖裡了。幸虧有人及時把我救起來。」

「您氣色可真好。」高帥望著健朗的方校長說。他甚至覺得校長看起來比墜湖前還要健康。

「上了年紀，是該好好鍛鍊身體了。」方校長說，「你怎麼還有工夫在這裡閒聊，不用去協助若山工作嗎？」

「他還沒回來。」

「哦，對了，我都忘了。等他回來你可務必勸勸他，別老往山區跑。我就不明白山區有什麼好。有狼出沒，險象環生，又沒有救援隊。他老是孤身前往，遲早出事兒！」

「嗯，我勸勸他。要是您沒什麼別的事兒，我先回辦公室了。」高帥說。

「去吧。」方校長說完，背著手走了。

高帥懷揣著疑慮往回走，下電梯到一樓，在電梯口碰見了等候乘坐電梯上樓的劉藍。

「劉藍，妳上這裡來幹什麼？」

「我這不是快畢業了嗎？想和系主任商量留校工作的事情。」

「祝妳成功。」高帥說，「對了，我剛才看到方校長了，跟沒事人一樣，妳說奇怪不奇怪？」

「你是說他在墜湖之後三個小時就回來上班了？」

「是的。」

「方校長一直在打籃球。身體底子好。」

「妳和方校長很熟？」

「不算熟。但我有知名度喔。這學校裡有誰不認識我？你別忘了，校慶晚會可是我主持的，眾目睽睽之下。」

「也是，何況妳又長得這麼漂亮。」

「這話我愛聽，接著說。」

「而且還那麼冰雪聰明。」

「才貌雙全對嗎？」

「說的就是妳。」

「說正經的，汪老師還沒回來嗎？」

「我就知道，跟妳聊天，不出十句，妳肯定拐到汪老師身上去。」

「他怎麼去那麼久？」

「尋找真愛哪有那麼容易！」

「好吧，再見，我先上去了。」

高帥食慾不佳，去校外的超市買了一個三明治和一罐啤酒代替食堂的午餐。按說上班時間不許飲酒的，但汪若山不在，他便想小酌一下。

回到辦公室，他開啟啤酒，由於易開罐在行走途中被搖晃，開啟的瞬間大量泡沫湧出，他連忙用嘴接住，順勢喝了兩口，覺得挺舒坦。

他看到辦公桌上擱著一本雜誌。雜誌的封面吸引了他。

這本雜誌叫《路邊的花》。封面印著一個身著泳裝的姑娘，背對著讀者，卻扭過來一張標緻的臉，其中一隻眼睛閉上了，另一隻卻睜著，分明在拋媚眼。

這封面模特兒竟和劉藍有幾分相似，卻不是劉藍。她分明是他喜歡的類型。趁著沒人在，高帥迅速把雜誌翻了個底朝天。他搞清楚了，這是相親雜誌。

高帥今年三十歲了，剛離婚，他覺得這一定是哪位同事不忍心看著他繼續孤獨，所以做好事把這本雜誌放在了他的桌子上。

「好人還是多！」高帥心裡唸叨。此刻他全然把方校長墜湖的事忘到了九霄雲外。

雜誌裡有封面女郎的寫真，也有個人情況介紹，還有小故事。她叫丘貞，大學畢業不久，在一家酒吧裡擔任調酒師。

「酒吧可是個人員複雜的地方。」高帥不禁想道。當一個人對另一個人產生情愫的時候，會在腦海裡進行「腦補」，把對方往好的方面想。於是他轉念又想：「沒準人家就是出淤泥而不染呢？」

但是，一個姑娘，把自己的照片印在雜誌封面上找對象，也是過於迫切了。另外，這事兒怎麼看起來都不安全。如果招到壞人呢？最起碼，騷擾電話會使她感到很煩躁的吧？

高帥將雜誌翻來翻去，唯獨沒有發現電話號碼。在介紹她的那篇文章末尾只留了一個通訊地址，備註了一句話：有意者請寄信。

高帥笑了起來，這倒是個篩選的良策。這年頭沒什麼人寫信，提筆寫字表明瞭誠意，而且避免了直接的對峙。

高帥收起雜誌，當下找來紙筆寫起了信。他沒用電腦打字，而是特地用手寫字，既然字如其人，就聊表心跡吧。信的正文如下：

丘貞妳好。相片一見，驚鴻一瞥。日有所思，夜有所夢。雖然我是搞科學研究的，信仰科學，但對於感情一事，我不得不相信命中注定。我今年三十歲，在大學做助教。雖然不是帥哥，但自詡身體裡住著一個有趣的靈魂。我十分相信，越是巧合的事情，就越有必然的意義。我們能否一見？

高帥在信的末尾，留下了自己的電話號碼。

他按照地址寄出了這封信，便開始急候佳音。

3

汪若山翻山越嶺，從一個峽谷到另一個峽谷，走了四公里，一無所獲。在他感到無望，正打算空手返回的當口，抬頭往上一瞧，心頭高興得突突直跳。前方一百多公尺的懸崖邊上，站立著一頭動物，看上去有點像綿羊，但卻長著一對碩大的犄角。所幸的是，牠衝著另一個方向，沒看見汪若山。

他舉起獵槍，雙臂保持鬆弛，腮幫貼住槍託，屏住呼吸，穩穩地瞄準目標，扣動了扳機。

野羊猛地竄了起來，落地後跑了幾步，突然前蹄打彎，摔在了地上，又在地上掙扎了一會兒，最後終於滾落到坡下。

與此同時，一個黑影一閃而過，汪若山看清楚了，那是一隻狼，牠迅速地撲向了那隻野羊。看來牠也垂涎那隻獵物許久了，不多時，其他幾隻狼也跑了過來。

眼看自己好不容易捕獲的獵物，要被這群餓狼奪去。

他擔心打草驚蛇，使自己陷入險境，但又想到阿玲食不果腹，便決定鋌而走險。他躲在一塊大石後面，端起獵槍，對準狼群一旁的一塊大石頭，扣動扳機。子彈擊中石頭，碎石迸裂，那幾隻狼被嚇了一跳。汪若山依舊躲在掩體後面觀察，狼群似有散去的想法，但牠們還不死心，漸漸又有圍攏的跡象。

汪若山抬手又是一槍，這一槍距離第一隻過來的狼更近，子彈幾乎擦到了牠的身體。狼群再度受到驚嚇，這一次，牠們終於散去了。

野羊太大了，整個背走不現實。汪若山便割下一條腿和幾塊腰部的肉，背著返程。他知道那幾隻狼沒跑遠，留下了羊肉的大部分，也有利於拖住那些飢餓的狼。

夕陽西下。汪若山驀然發現自己陷入了困境。

剛才尋找獵物，早已遠離了熟悉的那片溝壑，現在想要辨認來路，卻不容易。山谷溝壑交錯縱橫，每處景色都很相像，難分彼此。他順著一道山溝往前走了一公里，發現一道湍急的山溪，這肯定是不曾見過的。他確信自己還是走錯了路，於是回頭再換一條路，結果卻還是不對。

背著沉重的獵物，又乏又累，腳下發飄，全憑一個信念支撐自己：每往前走一步，就離阿玲更近一步，而且他背上的食物，足以讓他們在剩下的逃亡途中不會餓肚子。

他終於來到了先前跟李克和阿玲分手的峽谷隘口。兩旁懸崖被染上了金色的輪廓。他們一定等急了，自己已經離開他們四個小時了。

砰！突然，峽谷裡傳來一聲槍響。

誰在開槍呢？汪若山不禁心頭一緊。

寥無人煙的地方出現了槍聲。他知道李克是有一把槍的。難道他遇上了險情？尼薩的人應該不會追這麼遠。難道是狼群來襲，李克自衛反擊？

汪若山在亂石間慌忙奔走，由於太急切，還摔了一跤，磕破了膝蓋，血從褲子滲出。

但他顧不上這些。

槍聲再起。每一聲都像一把利刃在他心頭紮一下。

終於看到了李克的身影，他正以一塊巨石作為掩體，舉著槍朝峽谷另一頭射擊。阿玲躲在李克身後，李克不時用另一隻手推搡阿玲，並朝她吼叫，似乎在勒令她盡快離開這個地方。

汪若山迅速跑到了李克身後加入了戰鬥。他舉起槍來對準前方。看來，他真是低估了尼薩的決心。尼薩的人真的追上了他們，而且人數不少，有三十多個人，都騎著高頭大馬。

子彈你來我往。

李克和汪若山的還擊打亂了敵人向前的節奏，有兩匹馬被擊倒了，騎手在地上翻滾。隊伍一下散了開來，在巨石之間躲閃，卻依舊不斷靠近。

「若山，你來得正好！快帶阿玲走！」李克朝汪若山喊道。

「我不走，我不能丟下您一個人！」阿玲哭道。

「李叔，我們一起走。」汪若山說。但他知道，一起走是不可能的。他們的兩匹馬，有一匹已經中彈倒地。只剩一匹馬，三個人是無法一起走掉的，必然有個人要留在這裡了。

「再不走，一個人也走不了！」李克大聲喊道。

李克找出子彈袋補充彈藥，發現總共就剩十多發子彈了，還沒有對面的人數多。彈藥不足，注定是要束手就擒的。汪若山找出自己的子彈袋，發現也只剩八發。

「走吧，李叔說得對，我們只有一匹馬，彈藥也不夠，只能走兩個人，快走吧！」汪若山對阿玲說。

阿玲還想賴著不走，但她心裡也清楚，這是千鈞一髮的險境，要不然走兩個人，要不然都不能活，是死是活，全在一念之間。

汪若山把自己大部分的子彈留給了李克，自己只留下三發子彈。

阿玲痛苦地抱著李克的腰，但她被汪若山拉走了，她被他抱上了馬，兩人策馬揚鞭，離開了戰場。

才奔跑了幾十公尺，一枚子彈就擊中了李克的肩膀。中彈的那條手臂登時無力地垂了下來。他忍住劇痛，咬著牙繼續還擊。他的槍法十分厲害。他在巨石堆中不斷變換射擊位置，又有四個騎手倒下了。由於傷亡較多，竟一時使得那些騎兵突進困難。

馬背上的阿玲大聲哭了出來。

汪若山咬緊牙關狠狠用馬鞭抽了幾下，馬兒全力奔馳。

李克的子彈終於打光了。

他丟掉槍，迅速翻身藏匿了起來。

4

「喂，是高帥先生嗎？」一個陌生女人的聲音。

「是我，您是哪位？」高帥盯著菸盒說。他還在和那一盒菸做鬥爭。

「我是丘貞。」

「誰？」

「丘貞。」

「妳是……丘貞！」

高帥剛開始沒反應過來。或者說，儘管他期待著答覆，但沒想到對方會直接用打電話這種方式。他真切地聽到了那個妙齡女郎的聲音。那聲音和她的樣貌一樣漂亮。

事情是這樣的。當天寄出信件後，第二天一早，高帥便收到了回信。他迫不及待地開啟信封，卻發現自己寫的信竟然原封不動地給寄了回來。信封當然是換掉了，但是信紙還是那張信紙。他把信重新看了一遍，沒發現異樣，搞不清對方的意圖。

「這是什麼意思呢？不接受？」高帥想道，「那也正常，雜誌一旦發行，信件肯定像雪片一樣湧入她的家門，看都看不過來，怎麼能指望一下子就引起她的注意呢？」

在將要放棄的時候，他驀然發現信紙背面居然寫著一行字，很顯然，那是收信人加上去的。

這行字是這麼寫的：收到你的來信。緣分天注定。

沒有了，這就是所謂回信。

而且，這一行字居然是用打字機敲上去的。

高帥當場笑出了聲。幸虧周圍沒人，不然他們會以為他中樂透了。高帥大笑著原地蹦了一下，一蹦三尺高。

但落地後他的笑聲又突然收住。

「然後呢？」他不禁心裡問道，「這是讓我再寫回信嗎？朦朦朧朧，模稜兩可，有什麼話不能說完整呢？緣分天注定。我接下來應該怎麼做？好吧，那我接著寫信，希望她這次能多說幾句話。」

於是高帥開始寫信，他幾乎從來沒有寫過什麼抒情或者敘事的文章，此前都是寫科技論文。但他此番寫信時卻發現，只要發乎真情，他似乎頗有寫文章的才能。

他一下筆就從自己出生那一年寫起，然後上了小學、中學，最後又讀了大學，並且留校做助教。洋洋灑灑寫了兩萬字，卻才寫到大學生活。有幾處動人的地方，他還把自己感動得流下了淚水。

結果，信還沒寫完，他便接到了那個使他一時沒反應過來的電話。

「你把我忘了嗎？」丘貞在電話那頭問。

「那怎麼會！刻骨銘心哪！」高帥連忙說。這分明是在寫自傳的情緒裡還沒出來，他驀然覺得自己這個成語用誇張了，就補充道，「我們剛剛透過了信，怎麼就會忘掉呢？我沒想到妳這麼快會打電話來。正在給妳寫回信呢！」

「晚上有時間嗎？」

「今晚？」

「不然呢？」

「有時間有時間！」

「晚上七點，高原酒店餐廳見。」

「好的！不見不散！」

高帥興奮地掛掉了電話，摩拳擦掌，開始捯飭自己。

身為科技工作者和助教，高帥平時穿衣太古板，但今晚是相親，必須帥氣，一定得換身行頭了。

於是他到校外的商場裡，挑選了一條牛仔褲和一件深藍色襯衣。他在襯衣應不應該扎進皮帶裡的問題上猶豫了半天，最後還是選擇扎進去。在鏡子裡端詳，他的確比平時精神不少。

他還買了一束玫瑰花，捧在手裡。這副模樣走在路上，別人一看就知道他要幹嘛。

高原酒店是整個G城最好的酒店，同時也是最高的大樓，有五百八十一公尺高，通體白色，從遠處看，活像一座紀念碑。雖然足夠上等，但酒店內部並沒有給予人奢華的感覺，反倒十分簡潔。這大概也是整個G城的風格，多餘的東西一概不要，只求實用，一切從簡。大堂牆壁和天花板都是白色，地面也是白色，光可鑑人。大堂左手邊有一圈旋梯，通往二樓餐廳。

餐廳由白色、灰色、原木色三種顏色構成。從每張餐桌頂上垂下一盞燈，發出暖黃色的光。這種光線照射在食物上，增進了人們的食慾。

抵達餐廳時，高帥比約定的時間早了半小時。

他是緊張的。相親這種事他是頭一回經歷，這種懷揣著明確目的的初次見面，讓他頗有些不太適應。別看他平時油腔滑調，但骨子裡並不算個浮誇的人。

服務員遞來選單，他說在等人，稍後一起點餐。

他盯住餐廳門口，等候丘貞的到來。

距離約定時間，還差十分鐘。

那扇門，看著看著，把他給看走神了。起先他還在練習見丘貞時如何開口說第一句話，後來就開始想他自己的心事。他是個多慮的人，腦子高速運轉，不是在想這件事，就是在想另一件事。只要醒著，就在想心事。睡著的時候也沒閒著，夢也特別多。這一點和汪若山形成鮮明反差。汪若山的腦子裡好像有個開關，集中精力思考問題的時候精力特別旺盛，但一旦不去想，就真的不想了，睡眠也是非常深沉。這都是高帥羡慕他的地方。

高帥在想些什麼呢？他想到了汪若山，科學研究是他的本職工作，學校待遇又好，放著即將畢業的美女大學生不要，卻去山區尋覓他的所愛。山區野蠻人多，豺狼虎豹遍地都是，這擱高帥身上，給錢都不去。他還想到，方校長忽然身體抽搐，失足墜湖，幾個小時後又像沒事人一樣精神矍鑠地站在他面前。校長今年可有五十八歲了，頭髮花白，以前也沒覺得他的身體像劉藍說得那麼好，下午見他時，頭髮竟然像是又變黑了似的。這一切看起來都不合理。

這些事情在高帥腦海中盤旋著，揮之不去。

「高先生嗎？」一個女人的聲音傳來。

高帥從遐想中緩過神來，一抬頭便看見了眼前漂亮性感的丘貞。

第四章　詭祕醫院

1

抵達G城後，他們直接去了醫院。

醫院很大，因為G城所有的人都在這裡治病。住院部是一幢三十層的通體白色的大樓，阿玲入住了一間編號為一三一三的單人間。房內長而狹窄，面積約十五平方公尺。這一層還有二十餘間一模一樣的單人病房。

「我心裡放不下山區。」阿玲在病床上悵然道。

「理解。那是妳的家鄉，妳生長的地方。」汪若山說。

「爸爸曾經跟我說，他生是山區的人，死也是山區的鬼。他這輩子只來過G城一次，但他說一次就夠了。他喜歡山川河流和那番廣闊天地。他說那是生而為人原本的家園。」

「G城是人為的環境。」

「爸爸把這種對大自然的情感遺傳給了我。何況他現在身在山區，生死未卜。」阿玲眼含淚水，「假如，我是說假如有一天我們去山區生活，你會同意嗎？」

「我也喜歡山區，喜歡大自然，但是目前在G城有我的工作。」汪若山摸了摸她的頭說。

「你願意為了我，放下這份工作嗎？」

汪若山知道，阿玲不是個不講理的人，也不是個無事生非的人，她能這麼說，實在是因為對故鄉和父親有眷戀，對G城無好感。

「我願意。」汪若山寬慰她道，「說實話，我並沒有那麼喜歡我目前的工作。要我放下教學和科學研究，我真放得下。現在還在做，純粹是責任心使然。妳問我這個問題，我會好好思考一下的，也許我真會和妳生活在大山裡。古代的陶淵明，倒是我的一個偶像，他用盡了全力，才過上了平凡的一生。我喜歡平凡和樸實，他的隱逸不是消極，不是逃避現實，他對這個世界有著深刻的認識。我就像《桃花源記》裡的那個武陵人，嚮往與世隔絕的山水田園生活，更因為有了妳的存在，我們相互陪伴，那種日子一定很美好。但是，山區縱然好，但山區還有尼薩。為安全起見，我們先在G城避一避吧。」

阿玲聞言，點了點頭，幸福地笑了。

由於工作堆積，為了趕進度，汪若山變得十分忙碌，他每兩天可以來探望一次阿玲。他給阿玲帶來一本名叫《G城生活手冊》的書，這本書描述了如何在G城過上便利稱心的生活，以便給阿玲在這裡生活打好資訊基礎。

G城對她來說是陌生的城市，她沒有安全感，待在醫院這種距離生死很近的地方，又讓她的不安全感強化了。這些天的經歷似乎讓她產生了應激反應，常常出現可怖的幻覺，她總覺得尼薩隨時會出現在她面前，將她抓走，使她徹底失去自由，遭到暴力和虐待。

父親是生是死？恐怕凶多吉少。她愈加悲痛。

適當強度的應激反應對人有積極意義，它可提高人的警覺性，增強身體的抵抗和適應能力，也可以增進工作和學習的效果。但如果應激反應過於強烈、過於持久，那麼不管這些反應是生理性還是心理性的，都將是有害的。所謂「心身疾病」，便是一類與過強過久的心理應激反應有關的軀體性疾病。

有一天，阿玲正躺在病床上看書，雖然沒抬頭，但她還是能夠感覺到有人站在門口。她希望來的人是汪若山，能聊聊天，說些有趣的事。但令她失望的是，來的人是個按摩師。

他瘦瘦高高，戴著白色帽子，口罩遮住了臉，只露出眼睛，穿著一件白袍，卻和醫院其他醫生披在身上的白袍款式略有不同，手上拎著一個大約四升容量的長方形黑盒子。

「需要按摩嗎？」按摩師問。

「通常是怎麼按摩？」阿玲沒經歷過這個。

「別人怎麼按摩，我也怎麼按摩，無非是捏捏這裡，捶捶那兒，很舒服，促進妳身體健康。」按摩師平靜地說。

「每個病人都必須按摩嗎？」

「這倒也不是，這是醫院提供的一項可選服務。」按摩師往上拉了拉下滑的口罩說，「基礎專案是免費的。」

「這是什麼？」阿玲指指那個黑盒子。

「按摩輔助工具。妳從來沒有接受過按摩服務嗎？」

「沒有。」阿玲搖頭。

「那妳應該體驗一下。」按摩師說著轉身關上房門，一邊開始穿戴手套，一邊在病床尾部用力一拉，床長出一截，多出來的部分有一個人臉那麼大的洞，「來，趴下來吧，妳的臉剛好放在這個洞裡，保證順暢呼吸。」

阿玲驀然覺得，儘管隔著一層手套，但讓一個陌生男人觸碰自己的身體，仍然非常彆扭，於是她打算拒絕。

「現在我還不想按摩，晚些時候再說吧。」阿玲從床上下來，光著腳站在了地上。

「呃……」按摩師愣在那裡，似乎他沒做好被阿玲拒絕的心理準備，有些失望，「為什麼呢？」

「不是說這不是必要的嗎？」阿玲有些惱怒起來，他感到對方有點強迫的意味，但她人生地不熟，不想製造衝突，也不喜歡讓別人難堪，所以也沒把話說死，「今天身體不舒服，不想按摩，下次再說。」

「那好吧。」按摩師點點頭，又把床尾的機關歸位，脫下手套，塞進白袍口袋裡，「我明天再來。」

說完，他拎著黑盒子走出房門。

他走後，阿玲再也無法靜下心來看書，她感到奇怪，他進門的時候居然沒有一點聲音。阿玲放下書，走上前把門關上。她覺得這扇門應該保持關閉。

不多時，醫生進來，對她做了例行檢查，測量體溫，臨走時又沒關上那扇門。她接著看書，腦子裡卻不停在想關門的事情，擔心那個按摩師會不會再次神不知鬼不覺地進來嚇她。於是她只好放下書，再次下床關門。

其實，這門是鎖不上的，醫務人員出入自由，關著和開著沒什麼兩樣。當然，醫生或者護士進來的時候會先敲門。

幾次折騰下來，她很疲憊。但是，到了睡覺時間，她卻失眠了。

接近午夜的時候，阿玲終於快要睡著了。

「砰！」

突然間，她聽到奇怪的聲響，就像是一個胖人用肥厚的手掌，驟然間大力鼓了一下掌。

這聲音來自臨近的病房。

阿玲的心怦怦直跳，她安慰自己，也許是病人的什麼東西掉在地上了。但直覺又告訴她，並不是。

她起床，輕手輕腳下地，走到門旁，把門拉開一條縫，她看到一個熟悉的身影倏然而過，拎著一個黑色的盒子。沒錯，就是那個按摩師。

「夜裡也會有人按摩嗎？」阿玲不禁納悶。

按摩師走進電梯間，門關上了。

她連忙跑到值班室詢問護士，護士竟然趴在桌子上睡著了，阿玲推了推她，她抬起睡眼惺忪的頭。

「妳剛才聽到聲音了嗎？」阿玲問。

「什麼聲音？」護士一臉茫然。

「聲音雖然不是很大，但我想整層的人都應該聽到了，那聲音很怪。」

「沒聽到。」

「有糊味，妳聞到了嗎？」阿玲嗅到空氣中瀰漫著淡淡的煳味，像是某種肉類燒糊的味道。

護士皺著鼻子在空氣中聞了聞，搖了搖頭。

「我感冒還沒好，鼻塞，聞不到。」

阿玲幾乎被眼前這個七竅不通的護士氣笑了。

「今天來了一個按摩師。妳認識他嗎？」阿玲問。

「有幾個按摩師，是醫院外請的人，妳說的是哪一個？」

「瘦瘦高高的。」

「瘦瘦高高？還有什麼特徵？」

「我想不起來了。其他部位都遮起來了。對了，他手裡拎著一個黑盒子。」

「妳找他有事嗎？」

「我覺得他很怪。」

「沒什麼好奇怪的。」護士看了看掛在護士站牆上的掛鐘，打了一個哈欠道，「時間不早了，快睡覺吧。」

阿玲怏怏地回到病房。她關上房門，四下看了看，見床頭櫃上放著一個水杯，她倒空杯中水，然後把杯子輕輕套在了門把手上。

她躺回床上，用被子蓋住自己，連腦袋都全部蒙上。

又過了許久，她終於睡著了。

2

第二天，一聲脆響驚醒了阿玲。

她翻身而起的時候，牽動了臂部剛剛癒合的傷口，一陣針灸般的疼痛襲來，她禁不住「哎喲」叫了一聲。

是那個值班護士進來了，觸發了阿玲套在門把手上的杯子，杯子落地摔碎。

護士驚慌失措，但她似乎不僅僅是受驚於杯子掉落這件事。

「妳還好吧？」護士問。

「我還好……」阿玲說。

「沒事就好。」護士轉身要走，根本沒提杯子摔碎這件事。

「怎麼，出什麼事了嗎？」見護士神色慌張，她追問道。

「昨晚，一三二四號房的趙先生……」護士欲言又止，「妳有沒有看到他？」

「沒有，我幾乎不出這間屋子。」阿玲說，「妳說的那個趙先生，他怎麼了？」

「沒什麼……」護士的腳踩到了一片碎玻璃，她指了指地面說，「玻璃碴你別動，我請人來掃。」

阿玲的好奇心被激發，待護士走後，她將頭探出門外，看到幾個護士正在逐個查房，意外的是，警察也來了。

事後，阿玲終於搞清楚了，那個她沒見過的趙先生失蹤了。

離奇的是，一樓的門衛說沒看到趙先生走出去。這還用說，他是一個雙腿截肢的殘疾人，怎麼可能獨自走出去？

樓下周3邊也沒有他的蹤跡，整個醫院翻了個底朝天也沒找到他，如同人間蒸發。據說，他的房間裡有濃郁的焦糊味，此外沒有留下任何痕跡。

阿玲不得不胡思亂想起來，而且是一整天胡思亂想，她的大腦無法平靜片刻，她臉上掛著淚痕在走廊裡走來走去。醫生來看了看她，給她一顆藥片吃下去，才使她安靜下來。

當晚，汪若山來探望阿玲時，阿玲緊緊拉住他的手。看到神色緊張的她，他甚至都覺得她像是換了個人似的，和當初那個策馬揚鞭突出牛群的颯爽姑娘判若兩人。他心裡替她難過。原本自在生長的她，被接二連三的突發事件打擊懵了。

「傷勢恢復得還不錯。」護士向汪若山介紹道。

「那就好。」汪若山拉著阿玲的手。

「我不想在這裡待著，你能帶我走嗎？」阿玲乞求道。

「不行，還沒完全康復。」護士說，「要小心感染，再觀察幾天吧。」

待護士走後，阿玲緊緊抱住汪若山，就好像離別了很久似的。過了半晌，她平靜下來，才向他講述了醫院裡發生的怪事。

「有人失蹤了？」汪若山皺著眉頭問，「趙先生的全名是？」

「趙健。我偷看了護士的花名冊。」

「他是個什麼人？」

「不知道，我只知道他比我來得早。」

「最近發生的怪事可不少。高帥告訴我，我們學校的校長突然渾身抽搐，墜湖了，但才過了幾個小時，他又像沒事人似的來上班了。」

「我不想待在醫院裡。」

「嗯，後天來接妳出院。」

「我們住哪兒呢？」

「我的單身公寓可以擠一擠。」

「咱倆的未來……你怎麼看？」

「我相信未來會越來越好。」

「我說的是……我們是不是需要個說法？」阿玲不好意思起來。

「我當然要娶妳為妻。」汪若山反應過來，「我期待那一刻！」

「竟然要我逼你才說。」阿玲嗔怪道，與此同時，她的臉上浮現出紅暈來。

「我要用餘生好好保護妳，我們生一堆孩子，看著他們一個一個長大成人。」

阿玲用拳頭捶了一下汪若山，他佯裝負傷倒在床上，阿玲湊近看他的臉，這是一張她所信賴而深愛的面龐。汪若山揚起頭冷不丁親了阿玲一口，於是他們順勢接起吻來，直至護士推門進來將其打斷。

醫院不許探視者陪同過夜，晚些時候，他們縱然依依不捨，也只好道別。

又剩下阿玲一人了。

汪若山臨走時帶上了門。中途護士進來換藥，走時門卻沒有關上，這些來去匆匆的護士，完全沒有關門的習慣。

「這門為何沒有自動關門的裝置？」阿玲不禁搖頭，「唉，隨它去吧，習慣就好。」

汪若山的陪伴使阿玲心情轉好，她繼續捧起《G城生活手冊》來看。這本手冊列出G城的地圖，切抽成許多小塊，每一塊上又標註了一些公共場所，有美食店、酒店、景點、充電站、銀行、超市、醫院、商場等，應有盡有。書裡還附著許多去過的人撰寫的感想和心得，寫得生動有趣。阿玲看得入了迷，心想待病癒後一定要和汪若山一起走街串巷，享受生活。

「女士，需要按摩嗎？」

阿玲一抬頭，看見了那個她曾見過的按摩師，這一次，他沒戴口罩。

他又是飄然而至，沒有徵兆，沒有動靜。

阿玲著實被嚇了一跳，向後驟然一縮，病床太窄，她差點跌落下來。

「哎喲，對不起！」按摩師連忙上前攙扶。

「別碰我！」阿玲小聲喊道。

她站起身來，捂著傷處，那個基本癒合的傷口被掣了一下，疼痛起來。

「我應該敲門，但門是開著的。對不起，嚇到妳了。」

阿玲著實反感此人的面孔，他像個混血人，面色煞白，眉骨很高，眉毛幾乎沒有，眼睛卻很大，又不是黑色，而是灰白色，嘴巴是一條薄薄的縫，唇色發烏，看起來簡直不大像個活人。

但見按摩師講話很有禮貌，阿玲也覺得自己剛才的反應有點誇張。

「我不需要按摩。」

「今天也不需要嗎？我來過一次了，您說下次可以。」

「呃……按摩一次需要多長時間？」

「二十分鐘就好。試一試吧。」按摩師說著轉身關門。

「別關門，開著吧！」阿玲連忙喊道。

「會打擾到別人。」

「動靜很大嗎？」

「倒也不會……」按摩師開始戴手套，然後走過來要拉開床尾的機關。

「我男朋友馬上就到。」阿玲扯謊道，「我還是改天再按摩吧。」

按摩師露出無奈的神情，停下手中的動作，立在原地，愣了五秒鐘，似乎在猶豫接下來該怎麼辦。

阿玲看著他，又瞟了一眼門，潛臺詞是：請出去吧。

「好吧……改天再來。」

按摩師脫下手套，塞進口袋，拎起那個黑盒子，轉身向外走。

「請把門帶上，謝謝！」

按摩師帶上了房門。

3

高帥點燃一支菸，站在實驗室外面的露臺上，他望著校園裡華燈初上的夜色吐出一個菸圈，這個菸圈旋轉著向前緩緩移動。透過菸圈的圓心，恰好望見學校圖書館頂部凸起的那座大鐘，時間顯示，晚上六點半。

「你也不怕著涼，穿這麼少。」汪若山從實驗室出來，給他披上了外套。「我心裡熱。」高帥深吸了一口菸，菸頭的紅光亮了足足五秒鐘，一下子三分之一的長度變成了菸灰。

自從汪若山從山區回來後，工作的激情明顯提高了。高帥知道這是愛情的力量發揮了作用。有和諧的感情做支撐，男人事業上往往更踏實、更賣力，好像要證明給愛人看似的。男人和女人有類似的嗜好，女人會向閨蜜講述自己的男友多麼優秀，男人也當然會向兄弟展示自己的女友有多漂亮。高帥對此有所不滿，身為搭檔和朋友，他竟然不把他苦心追來的伴侶介紹給自己瞧瞧，都回來一週了，連個影子都沒見到。問起此事，汪若山含糊其辭，只說她暫時住在別處，晚些時候搬過來，搞得神祕兮兮。

「你不是戒菸了嗎？」汪若山說。

「我經常戒菸。」高帥道。

「有損健康的事情，我不會做。」

「但你經常幹更危險的事，比如去山區。我很好奇，你不會是找了個什麼天仙吧？藏起來不讓人看。」

「她剛回來就生病了，在醫院，休息幾天就回來了。」

「那我更得去探望一下嫂子了。」

「別別，不用，過兩天我接她回來，回來再聚。」

「我的女朋友你可都見過了。你覺得她怎麼樣？」

「我實在是想不到你突然就離婚了。」汪若山搖頭道，「然後你又這麼快有了新女友，真是不得不讓人產生聯想。你和你前妻究竟是怎麼回事？」

「一言難盡。離都離了，回頭再說吧。」高帥顧左右而言他，「活在當下。你就說現在這個女朋友怎麼樣？」

「你正在興頭上，我能說不好嗎？」汪若山無奈地說。

「客觀點，該說什麼說什麼。」

「她跟劉藍像是姐妹花。」

「對吧？你也發現了！」高帥興奮地說。

「但是性格不同。劉藍的眼神是清澈的，看起來相對單純一點。丘貞我有點摸不透。」

「除了長得像，還有一個共性：她倆對男人都很主動。當然了，丘貞是對我主動，劉藍是對你主動。對了，你可得避著點劉藍，她的眼裡只有你，別看你現在有了女朋友，但她保不齊還惦記著你呢。你小心犯錯誤。」

「呵呵，你別犯錯誤就成。」

「我和丘貞相處半個月，倒是挺愉快，但你說得有道理，我總有一種感覺，她好像有什麼事瞞著我。我對她的身世很好奇，但她又不肯多說什麼，我問她為什麼不告訴我，她居然說跟我還不熟。哈哈，樂死我了，不熟還和我滾床單。」

「你打算娶她嗎？」汪若山皺起眉頭。

「還真把我問住了。我現在可沒這個想法。」

「我猜想你是一時被她的外貌吸引了。勸你不要為了談戀愛而談戀愛。」

「你是想讓我直奔主題，現在就跟她求婚？」

「那倒不急。我是覺得，有的人，你看她第一眼就知道會不會娶她。如果不會，那就不應該浪費時間。」

「那是你！你一見鍾情了。沒幾個人有這種運氣。我第一眼沒確定會不會娶她。但沒準第二眼，或者是第二百眼，我覺得就是她了。當然，也可能到了第二百眼，才發現不適合結婚，然後分手了。就算結了婚也還可以離婚呢，離婚率現在那麼高。我認為，人生不能太條條框框，要忠於內心的感受。」

「說得真好聽。好吧，不聊這些了。」汪若山搓了搓手，轉身要回實驗室，「幹工作去吧。既然進展挺順利，就再接再厲，幹完了好能徹底歇一歇。」

最近校長抓得很緊，幾乎是在逼迫汪若山完成科學研究任務，他想休息，但校長說市長派人來督導，沒辦法。他太需要有和阿玲單獨相處的時間了。

當晚，從實驗室出來，已經是晚上九點。這個時間，醫院已經不許探視了，汪若山只好獨自回到單身公寓，他計劃明天接阿玲出院。醫院裡有人神祕失蹤，的確讓人緊張不安。他在猶豫，究竟是給阿玲在外面租個房子，還是他們一起住在學校裡的單身公寓裡。這兩種方法各有利弊：外面租個房子，比較清靜，他們可以獨享二人世界，但要多花一筆錢；住單身公寓，能省點錢，但房間有點小，況且學校裡都是熟人，怕山區來的阿玲一下子不好適應。

想著想著，他便睡著了，多日來的忙碌工作讓他太累了。

高帥卻不會急著獨自回公寓。他早已和丘貞相約去吃消夜。每天的這個時間，他的生活彷彿才剛剛開始。丘貞倒是總在敦促他好好完成工作，非但不會嫌他不花時間在她身上，反而會鼓勵他以工作為重。甚至，當天的工作任務不完成，想見到她，門兒都沒有。

他們此刻出現在G城最繁華的地區，一條一公里長的餐飲街，街道兩旁燈紅酒綠，熙熙攘攘。餐廳冒著裊裊煙霧，瀰散著香噴噴的味道。人們就像被逗引的犬類，嗅著鼻子，一路追著美味。

他們挑中一家館子，落座點菜。

要了一瓶酒，找來兩隻杯子，斟滿。

「為了這個美好夜晚，乾一杯！」高帥舉起酒杯。

丘貞也笑著舉起酒杯。

他們一飲而盡。

高帥覺得這酒比想像中烈。他放下酒杯，給丘貞夾菜。

「這家館子我來過，這道糖醋排骨絕了，妳嘗嘗。」

丘貞將排骨送入口中。

「嗯！好吃！」她點頭讚賞。

「說真的，我恨不得每時每刻都和妳這樣待在一起。」喝了酒的高帥，說起情話來，眼睛都不眨一下。但這句話倒是他現階段的真心話，一方面是因為科學研究太苦，一方面是因為情愛太甜。

「那可不行。你每天只有完成工作目標後才能見我。你今天幹得怎麼樣？」

「說真的，我簡直懷疑妳是市長派來的督導。」

「別做夢了，你哪配這個待遇。哪有督導陪你逛街，陪你吃飯，陪你……」

「陪我什麼？」高帥壞笑起來，「這個糖衣砲彈我吃，我特愛吃。」

吃到八成飽，高帥掏出菸盒，取出一支香菸，橫在鼻子上嗅了嗅，用打火機點燃，深深吸了一口，鼻孔吐出長長的煙霧來。

「你感冒了嗎？」丘貞說，「這兩天天氣突然變冷，容易感冒。我包裡有藥，你吃一片，預防一下。」

「妳怎麼知道？」高帥摸了摸自己的額頭，不知道是不是心理暗示，他竟有點不舒服的感覺，「好像是有點燙，可能是剛才穿著單衣在露臺上凍著了。」

「你用鼻子吐菸，一個鼻孔出菸，另一個鼻孔不出菸。鼻塞了。」

「我發現妳不僅細心，還是個挺幽默的人。」

丘貞低頭從包裡取出藥瓶，倒出一粒白色藥片，又倒了一杯水，遞給他。

「我真的開始考慮汪老師今天問我的問題了。」高帥接過藥片和水。

「什麼問題？」

「他問我是不是想娶妳。」高帥將藥片送入口中，又喝水吞下。

「呵呵，你怎麼說？」丘貞揚起下巴，歪著腦袋問。

「想啊！」高帥放下水杯，雙手合十，十分虔誠。

「好啊！」丘貞笑著說。

「妳答應了？」高帥眼睛瞪得老大，「我還不知道妳的身世。只知道妳的名字和妳的模樣。」

「等你完成目前的科學研究任務吧。到時候你來娶我，我告訴你我的故事。」丘貞收起了笑容，一本正經道，「工作完不成，你也沒心思和我度蜜月。」

「妳肯定是市長或者校長派來的探子！」高帥雙手捂臉，仰天癱在沙發上。

4

G城大學教職人員的住所是統一安排的公寓。這些公寓通體白色，一共三棟，每棟三十層。單身職工住一室一廳的房子；已經結婚組成家庭的職工住兩室一廳的房子。

汪若山目前當然是只有一室一廳的房子。他帶著阿玲回到校園裡時，已是夜晚，外面下著冷冷的雨。

汪若山在屋內放置了幾盞落地燈，這些暖色的光源營造出溫馨寧靜的氛圍。牆壁是白色，地板是原木色，家具是白色或者咖啡色。這些色塊的搭配，使人舒心。

風塵僕僕的二人，分別去浴室洗了澡。阿玲換上了汪若山遞給她的乾淨襯衫。寬大的男士襯衫套在阿玲身上，反倒顯得別有風韻。汪若山望著眼前這朵出水芙蓉，不禁心神搖曳。

他們終於安心下來，乾乾淨淨，拉著手，坐在客廳的沙發上。

汪若山起身給阿玲倒了一杯熱牛奶。

阿玲接過水杯，喝了兩口，捂在手裡，走到朝南的窗戶邊上。整個校園的景色盡收眼底。地面被雨水打溼後，有利於反射光線。路燈及建築物的裝飾燈，還有幾百個窗戶裡透出的光線，和地面的反光結合在一起，交相輝映，使得校園夜景晶瑩漂亮。

汪若山湊過來向她介紹那些漂亮的校園建築，教學樓、實驗樓、運動場、游泳館、圖書館、餐廳、醫務所、咖啡廳、超市、電影放映廳、大禮堂、遊藝區，應有盡有。

「我原本想給妳在外面租一間房子。」汪若山說。

「這裡挺好的。」阿玲喝了一口牛奶說。

「嗯，住在這裡，我每天工作一結束，就能立刻回來看到妳了。不過，以後還是需要一套大些的房子。我會向學校申請。」

「嗯，一切都好。」阿玲點點頭。

「妳好像不太高興。」

「我的心放不下，高興不起來。」

「是妳爸爸？」

「我心很痛，我擔心他已經……」阿玲眼裡湧出淚花。

「我相信他會保護好自己的。」雖然如此說，汪若山也並不抱希望，當時的局面，可謂絕境，但他只能安慰阿玲，「我會去找他的。」

「嗯，好。」阿玲點點頭，眼淚滑過面頰，「就算他已經離開這個世界，也應該有個墓碑，我能去祭奠他。」

阿玲比汪若山想像的更加堅強。

「放心，這件事交給我辦。最快下週就能去。」

「嗯。」

「還有什麼任務？妳儘管吩咐。」

「還有，你每天別回來太晚，我不想總是一個人待著。」

「我也想和妳多多待在一起。」汪若山從後面抱住阿玲，聞到了她頭上淡淡的洗髮香波味。

「牛奶還有嗎？」阿玲舉起杯子道。

汪若山接過水杯，給阿玲續牛奶，又遞回給她。

「你這間屋子可真乾淨。」阿玲這時才稍稍放鬆了些，開始環顧四周，觀察房間裡的陳設。

「我是愛乾淨，但這並不是我的功勞，學校派保潔人員打掃，每天如此。工作完回家一進門，就是這樣一塵不染。」

「學校真好。」

「並不是每個人都被這樣對待。我特意留意了一下，其他教師沒有這樣的待遇。」

「學校對你特別關照？」

「的確是這樣。」

「為什麼呢？」

「我也不知道為什麼。但誰會阻止別人對你好呢？我也只好受著了。生活上被照顧，但工作很辛苦。我和助手最近在趕科學研究進度，每天脫一層皮。」

「你的工作，我可一竅不通。山區太閉塞了，沒什麼文化，你不會嫌棄我這一點吧？」

「那怎麼會呢。妳身上有最可貴的品格。」汪若山的笑容由衷而溫暖。

他抬頭看了看牆上的掛鐘，已經是晚上十一點了，到了休息時間。

「妳會不會睏了？要不要早點休息？」汪若山道。

阿玲望了一眼床，大小介於單人床和雙人床之間，對一個人來說比較寬，對兩個人而言比較窄。

汪若山也順著阿玲的視線望著那張不甚寬大的床。

他們對視了一眼。

阿玲臉紅了，低下頭來。

汪若山也尷尬地撓了撓後腦勺。

第五章　彗星衝撞

1

早晨起來的時候，阿玲望著汪若山的臉凝視良久，後者睜開眼睛，也看到了她，他們相視而笑，擁抱彼此。

大概全世界相愛的人，在這個階段和時刻，都會流露出同樣的神情，表現出同樣的舉止。他們的臉上，都會寫著兩個字：甜蜜。

汪若山做好早飯，等阿玲來吃。

「以後，這種事情就由我來做吧。」阿玲吃著煎蛋笑著說。

「看來妳做好當賢妻良母的準備了。」汪若山用溫柔的眼神望著她，「下週我們去登記結婚。」

「好，聽你的。」阿玲紅著臉說。

「這個世界不完美。」汪若山感慨道，「但是我的生活接近完美。」

「世界很不完美嗎？」

「妳生長在山區，可能對這個世界的全貌並不了解。」

「我的確是第一次來城市。」阿玲坐在沙發上抱著抱枕說，「但山區也是世界的一部分呢。」

「比起城市，我更熱愛大自然。」

「城市不是大自然的一部分嗎？」

「城市是人為的，大自然是地球自有的。」

「我喜歡山區，但不討厭城市。城市很便利。」

「嗯，城市和大自然都是地球的一部分。」

「地球很大嗎？」

「怎麼說呢，曾經很大，現在很小。」

「沒聽明白。」

「地球半徑約六千三百七十一千尺，赤道周長四萬零七十六千尺，兩極稍扁，赤道略鼓，是個不規則的橢圓球體。表面積五點一億平方千尺，百分之七十一是海洋，百分之二十九是陸地，所以，在太空中看地球是藍色的。」汪若山說著搖了搖頭，「現在，看起來要更藍了，地球應該改名叫水球。」

「你對數字的記性可真好。為什麼更藍了？」

「那次天災之後，我們所剩的陸地，已經不足地球總面積的百分之一了。」

「那次天災，我聽爺爺說起過。很久很久以前的事了，像個傳說。爺爺說發洪水了。」

「這並不是像《聖經》上描述的那種傳說故事。這是事實。」

「真的嗎？」

「千真萬確。彗星撞擊地球導致了洪水。」

「什麼是彗星？」

「一顆拖著長尾巴的巨型雪球。也有人叫它『掃把星』。這個名字起得可真好，它將人類掃地出門。」

「你說的這個故事倒更像傳說。不，像童話故事。」

「我需要花些時間和妳講清楚這些事。」

「你講吧，我聽著。」

「彗星繞太陽運動。彗星有彗核、彗髮、彗尾三個部分。彗核的主要成分是冰。彗星接近太陽時，彗核物質昇華，在冰核周圍形成朦朧的彗髮和一條稀薄物質構成的彗尾。由於太陽風的壓力，彗尾總是指向背離太陽的方向，那是一條很長的尾巴，一般長幾千萬千尺，最長的有幾億千尺。因為形狀像掃把，所以有人叫它掃把星。」

「它撞擊了地球？」

「這種事遲早都會發生。天上不時會掉下來些什麼。彗星或者小行星。比如歷史上的那次著名的通古斯大爆炸，就是小行星撞擊地球造成的。確切地說，它並沒有撞擊到地面，而是在空中發生了爆炸。」

「什麼時候的事？」

「一九〇八年六月三十日七點四十三分。」

「你記得可真清楚。」

「對G城的人來說，這是常識。類似事件，與地球的命運息息相關。」

「撞擊很猛烈嗎？」

「形成了直徑兩百公尺的爆炸坑，兩千平方千尺的森林被衝擊波擊倒，有三十萬棵樹呈輻射狀死亡。據說釋放出的能量相當於三十年後廣島原子彈爆炸能量的一千倍。」

「原子彈？」

「也就是核彈，這涉及核能。」汪若山驀然覺得，他不能偏離主題，否則需要解釋的事情將越來越多，「原子彈先不講。總之『通古斯大爆炸』的那顆小行星，直徑才幾十公尺，而且爆炸發生在荒無人煙的西伯利亞，所以沒有造成什麼人員傷亡。比起後面的一次，是小巫見大巫。」

「還有更嚴重的？」

「二〇七七年九月十一日九點四十六分，歐洲東部的天空中出現了一顆炫目的火球，越來越亮，它甚至比正午的日頭還要刺眼。那顆火球劃過天際，起初沒有一絲聲響，只留下滾滾煙塵。但隨後，巨大的聲響導致超過一百萬人的聽力受到永久損失。」

「這麼多人？真不幸。」

「不，他們是幸運的。他們只是損失了聽力，而另一些人卻付出了生命。這次撞擊地球的也是一顆小行星，由兩千噸岩石和金屬構成，以每秒五十千尺的速度撞向了義大利的北部平原，有兩座城市直接從地球上消失。從天而降的這一記重擊，亞得里亞海掀起了滔天巨浪，巨浪直撲陸地，威尼斯沉入海底。六十萬人死亡。這是一個大清早短短幾分鐘內發生的事情。」

「太可怕了！」阿玲瞪大了眼睛，「威尼斯？我都不知道有這麼個地方。」

「當時的地理和現在的地理截然不同。」

「不做些什麼預防這種事情的發生嗎？」

「你說得對，應該預防，所以沒過多久，就啟動了『太空衛士』工程。」

「那是什麼？」

「把原本用來指向他國的核武器，指向了太空，攔截那些不速之客。」

「管用嗎？」

「要是管用的話，也不會有後來的洪水了。」

「還有更嚇人的？」

「最近的那一次，二〇九九年一月四日，一顆彗星撞擊了地球。」汪若山搖搖頭苦笑，「我也搞不明白，為什麼在短短兩百年間，地球會經歷這麼多次重創。」

「這次撞擊的力度更大了嗎？」

「那是一顆巨大的彗星。彗核的直徑達到了十三千尺，質量超過五千億噸。」

「二十公尺的小行星造成了通古斯大爆炸，十三千尺的彗星……」阿玲搖著頭說，「不敢想像！」

「地球向它發射了核彈，將它分裂成了三塊，卻幾乎沒能變更其軌道，依然朝著地球飛來。人造武器比起大自然的力量，實在是微不足道。另外，核彈的命中導致部分彗核碎裂成為無數細小的碎塊，成為帶著核汙染的流星雨，這些碎塊在大氣層燃燒，造成了大範圍汙染。」

「一定又有許多人死了。」

「人類幾乎覆沒。整個地球變成了一個水世界。倖存者不得不啟動『方舟計劃』。『亞洲一號方舟』搭載著一萬名倖存的人類，在經過了一年的海上漂泊後，終於找到了一塊三十萬平方千尺的陸地——青藏高原，這是地球僅剩的一塊陸地，也可稱其為孤島。於是人類上岸，高原紀年正式開始。經過一百多年的發展，高原人口達到了十多萬。這些人分裂成兩派。一派人認為，彗星撞擊地球是上天對人類過度自信的懲罰，科技是人類遭受災難的罪魁禍首，於是他們選擇去了山區，過上了原始生活；另一派當然不信這些，他們著手重振人類昔日的輝煌，所以生活在G城，保持了大災之前的生活。」

「原來是這樣……」

「現在看來，兩邊發展得都還不錯，繁衍生息，已經有第四代了。高原地區的人口增長比較快，已經有三十萬人了。G城人口增長緩慢，目前是十五萬人。」

「我不知道的太多了。」阿玲出神地說，「和你在一起，好像開啟了一扇新世界的大門。」

「一扇幸福之門。」汪若山摟過阿玲，摸了摸她的頭，不經意看到了牆上掛的鐘錶，「遭了，上課要遲到了。」

2

汪若山留戀阿玲帶給他的溫柔鄉，這是他們第一次同宿過夜，讓他感到一切美好的事物都在向他湧來。有穩定的工作，有科學研究目標，還有相愛的人在一起，似乎真的是開啟了一扇幸福之門。

他站在講臺上的時候，紅光滿面，精神振奮，顯得比平時更加帥氣。他侃侃而談，整堂課被他講授得妙趣橫生。

下課的時候，他被一個人攔住了。

這人是誰呢？

劉藍。

「這麼說，你確定要和她好了？」劉藍瞪著水汪汪的大眼睛如是說，因為過於激動，身為學生，在稱呼老師的時候，連敬語都忘了加。

說話的時候，劉藍的手裡拿著一枝包裝起來的鋼筆，鋼筆裝在一個樸拙的木盒子裡，上面繫著藍色絲帶，打出一個蝴蝶結。這大約頗有寓意，愛好戶外探險的汪若山彷彿那個樸拙的木頭盒子，藍色的蝴蝶結就是劉藍，她在想方設法捕獲他的心。

而盒子裡的那支精美的鋼筆，對一個尚未畢業的學生而言，購買它算是下血本了，幾乎要花掉她兩個月的生活費。

看見禮物的這一刻，汪若山才想起今天是自己的生日。

汪若山從來不過生日。於他而言，喜歡過生日的人很奇怪。為什麼自己出生的日子就非得那麼去紀念？如果非要紀念，那個日子應該叫「生孩日」，身為一個母親可以去紀念，畢竟那一天她將一部分基因傳了下去，並且懷胎十月不易，變得肥胖，伴隨孕吐，加上生產時的劇痛，這一切都是刻骨銘心的，是自然會記住的。至於小孩子，懵懵懂懂，什麼都不知道。退一萬步講，我們都是宇宙裡的原子，借父母的機緣臨時聚合在一起形成我們而已，不值得那麼強調。

當然他不會反對別人過生日，他不是把標新立異和格格不入寫在臉上的人。至於他自己，他就是不過生日。有時候已經過了那個日子，才驀然想起來。又過了些年，他快要忘記自己是哪天生的了。

但一個漂亮的小姑娘睜著水汪汪的大眼睛捧著一件精美禮物奉上，這多少讓他心裡美了一下，甚至體驗到一絲愛情的味道，要是他們真的能在一起，也許並不壞。當然，這是倏忽的一個閃念，是幻覺，和多情沒關係，和背叛更沒關係，更像是人之常情。儘管如此，他也隨即在心裡將自己批判了一通。

聽了劉藍的那句質問，汪若山哭笑不得，她的語氣就好像他出軌了一樣。更讓他尷尬的是，此刻正是上午最後一節課下課的時候，地點是在講臺旁邊。雖然學生三三兩兩都去了食堂吃午飯，但畢竟還有幾個沒走掉的，顯然，他們也聽見了那句話，因而竊竊私語起來。汪若山的內心堅如磐石，凡事也都立場堅定，在學生中間不輕易流露感情，學生們對他的印象基本上就是學識淵博和不苟言笑。但此刻他的臉上卻紅一陣白一陣，方寸即將亂掉。因為劉藍說話的聲音有點顫抖，似帶著哭腔，而且雙眼竟然閃動著淚花，眼淚幾乎要奪眶而出了。

「是的。」汪若山肯定地說。

終於，她的眼淚，和她手中的鋼筆，同時掉了下來。

女孩子哭起來，大概最能使風度翩翩的君子或者外表剛毅的硬漢手足無措了。男人也頂不喜歡在公共場合站在哭泣的女人身邊。汪若山連忙掃視了一下後排幾個正在收拾文具的學生，與他們目光相交。學生們有的躲開了眼神，有的抿嘴而笑。他們既想匆匆溜走，又想看好戲。

汪若山伸手想替她擦眼淚，但手在觸碰她臉頰的一瞬間又縮了回來，就像手碰到了燒紅的烙鐵。他掏出褲兜裡的紙巾，遞給劉藍。

劉藍接過紙巾，卻沒有去擦眼淚，只是揉成了團，攥在手裡。

劉藍實在太大膽並且率真了。汪若山尋思該怎麼應對，是斬釘截鐵講出一番能讓劉藍斷了念想的話，還是給她一個臺階下，別讓她此刻太難堪？他有點拿不定主意。

有兩個學生，原本要出去，此刻卻又坐了下來，在課桌上攤開了書本，眼睛卻沒有專注於看書，而是時不時望向講臺。

汪若山彎腰撿起了掉落在地上的鋼筆。

「謝謝妳……」汪若山說。

「但是我覺得你們不合適！」劉藍打斷了他的話。

「我們能不能借一步說話？」汪若山擦了擦額頭上的汗，小聲說，「我請妳吃午飯吧，不在食堂，去校園外面的餐廳。」

「你是想和我約會嗎？」劉藍說著用手背抹了一把眼淚。

「我想和妳把話說清楚。」汪若山的聲音更低了。

「好吧，那走吧，我餓了。但是我不想聽壞消息。」

「妳去『雪山餐廳』，我稍後找妳。我先去趟洗手間。」

「我也去洗手間，臉都花了。」

「好吧。」汪若山說著便直接走出教室，或者說逃出教室，朝走廊盡頭的洗手間走去。劉藍緊隨其後。

3

阿玲吃完早餐，沉醉在幸福之中的她正在廚房清洗餐具，抬頭望向正對著水池的窗外，那是校園北側圍牆外的馬路。因為校區的緣故，馬路兩邊很熱鬧，各種招牌琳瑯滿目。

一個按摩的招牌映入她的眼簾。

看到「按摩」二字，她心裡咯噔一下。

她想起住院期間那個神出鬼沒的按摩師。

他讓她感到後怕。

雖然護士說有好幾個外聘的按摩師為病人提供服務，但她覺得那個她所見到的按摩師並不是他們其中的一員。

若問阿玲如何知曉，她只能說那是直覺，其中包含著對他的動作和語氣的判斷。他讓她感到很不舒服。

那個名叫趙健的人失蹤了，他是誰，他因何憑空蒸發？這些問題縈繞在阿玲心頭。此事後續如何，阿玲不得而知。

汪若山曾對她講：怪事背後，必有隱情。

事實的確如此。

接下來，就要說說這個詭異的按摩師。

幾個月之前，這個按摩師遇上了麻煩事。

他叫巫桑，三十五歲，身為按摩師，憑手藝賺錢，不求人，喜歡他的手藝你就來，不喜歡你就路過。反正他對生活沒有什麼物質上的奢求，吃飽穿暖就可以了。

縱然技藝甚好，但他堅持不開按摩館，總是上門服務。

奇怪的是，他只在中午十二點前提供服務。早上五點起床，吃早飯，通常是吃一點燕麥片、一個雞蛋，再加上一種時令水果。吃完飯他會洗個澡，換上乾淨衣服，把鞋擦得發亮，然後驅車出門。出門接第一單生意，通常是六點鐘。到上午十二點的時候，他能完成差不多六單生意。

十二點之後的時間，就全歸他自己了。最後一單做完，他會回家做一頓豐盛而健康的午餐，他會查菜譜，做試驗，那些食材在他手中變成美味。然後他會拿出銀製的餐具進餐。家裡最值錢的東西就是這套餐具，餐具擺在桌上，就有了儀式感，他喜歡儀式感。無論是按摩還是享用美味，在他看來，都是頗有儀式感的事情。在所有烹飪的環節裡，他揉麵揉得特別好。

吃完午餐，他下午會去G城的街心公園餵鴿子，半斤重的麵包，一點一點揪下來，丟給飛來飛去的鴿子，能消磨好幾個小時。傍晚，他會在外面用餐，品嘗那些不貴但味道極好的小吃。吃完晚飯，就是看戲的時間，通常晚上七點開演，九點結束。看完戲，他回家泡腳，喝杯紅酒，躺在床上就寢，基本上十點鐘就入睡了。

從他一天的日程可以看出來，他是個並不複雜的人，生活規律而單調，他是單身，一人吃飽，全家不餓。他倒很滿意這種狀態。這種鐘擺一樣的日子，讓他很享受，他喜歡一成不變，他害怕有什麼意外打破這種平衡。

他的手藝之好，曾使一個患腰椎間盤突出的中年人，在接受按摩之後說了一個成語：脫胎換骨。

但人們也抱怨他，抱怨他一天只接六單生意，不容易排上號。有不少人建議他開一個按摩館，他卻不為所動。

直到有一天，他在外出服務的路上，發生了一次車禍。

這次車禍使他謹小慎微起來。

每天上午駕車跑六個地方，這是有風險的，他如是想。

於是，他不再開車出門，他把家裡的客廳闢出來，變成按摩館，從滿城跑變成幾乎足不出戶。

客廳裡有一個屏風圍起來的地方，裡面有一張按摩床，枕頭的位置，有一個洞，客人可以臉朝下埋在那裡，保障呼吸順暢。

在開業那天，一大早，第一個顧客就出現了。

他站在門口，五十歲左右，樣子不太討人喜歡，身材粗壯，臉色黝黑，好像在什麼地方長時間經受了太陽的曝晒。

「您來了，請進。」巫桑客氣地說。

那人盯著巫桑的臉看了看，然後一聲不吭地脫去了外套，掛在門口的衣架上，向前走了兩步，似乎左腿有點瘸，但不嚴重。

「您打算按摩多久？」巫桑問。時長不同，收費也不同。

「隨便按按吧。」客人說，「你看著辦。」

他似乎有點困，趴下沒多久，就沒了動靜。

「最近有點累吧？」巫桑問。同時他也心想，要是完全睡著了，按摩起來也不大方便。

「嗯。」客人哼了一下，表示同意。

巫桑有個習慣，他喜歡推測顧客的職業，而且常常能猜對。可是今天這位來客，他卻怎麼也判斷不出他的職業。今天是工作日，大清早，才不到七點鐘，他就登門做按摩，就好像是退休的老人一樣。但顯然，他還沒到退休的年紀。

這位客人身上還帶著一點詭異的、不安全的氣息。

「以前沒見過您。」巫桑一邊按摩一邊問，「是住在附近嗎？」

「你也是第一天開業吧？」客人沒有回答巫桑的問題，卻反問道。

「是的。」

「我聽人介紹過你，說你的手藝不錯。」

「過獎了。」巫桑猶豫了一下，又問道，「您是做什麼工作的？」

「你看我像幹什麼的呢？」客人再次沒有直接回答問題。

「我原本善於猜測客人的職業，但我卻猜不出您的職業。」

「比如呢？不妨猜一次。」

「警察？」巫桑說，「但您沒有穿警服。可能是便衣警察。」

「呵呵，你以後會了解我的。我以後可能經常來這裡麻煩你給我按摩。」

「謝謝照顧我的生意。」

「你是叫巫桑吧？」這時，客人已經翻身到了正面，臉衝上躺著，他睜著一雙大而長的眼睛看著巫桑。

「是的，您怎麼知道？我們可沒見過面。」

「我見過你。你的事情我知道。」

「什麼事情？」

「一個月前，你開車撞了一個人。」客人以平靜的語氣說道。

巫桑一下子呆住了，臉色驟然間變得煞白，想掩飾也掩飾不住。

但客人的神情似乎很輕鬆。

「那個被撞的人死了。」他輕描淡寫地說。

「你說什麼？」巫桑的額頭上冒起了一層汗珠。

「你出事以後，沒有看報紙嗎？不可能，你一定會看報紙，知道那個人已經死了。」客人甕聲甕氣地說，「當時沒有人在場，那個街角非常僻靜。警察也查不出肇事者。」

「我不明白你在說什麼。」巫桑停下了手裡的動作。

「你不用擔心。只有一個人親眼看到了。那個人就是我。」

「你想怎麼樣？」巫桑緊張道，「我不知道為什麼那個人突然從街角竄出來，我根本來不及剎車。」

「我猜你是喝酒了。」

「我只是臨睡前才會喝酒，我會喝紅酒助眠。」

「但是，那天你喝多了吧？」客人笑著說，眼睛瞇成了一條縫。

4

巫桑那天豈止是喝多了，簡直是相當多。

那天傍晚他照例去看戲，一部講述捉拿殺人凶手的恐怖戲劇。

他很喜歡看恐怖劇，他曾反思過此事，後來發現了原因：當戲劇散場的時候，他發現自己並非身處恐怖的環境裡，心情會變得很好。

但是，因為塞車的緣故，當晚他抵達劇院的時候，戲已經開場十分鐘了，開場五分鐘就不再售票了，於是他打破了平日的規律，沒有看戲。

站在劇院門口的他，竟有點無所適從。

一個妙齡美女從售票處出來，也在劇院門口站著，顯然，她也沒看成戲。

「沒票了。」美女像在自言自語，又像在說給他聽。

「是沒票了。」巫桑說。

「我知道有個地方也能看戲，比這裡晚開始半小時，還能來得及。」

「哪裡？」

「邁幕。」

「那是個什麼地方？」

「去了就知道了。你開車了嗎？」

「開了。」

「可以搭順風車嗎？」

「好吧。」巫桑不知道用什麼理由拒絕。

原來邁幕是一個酒吧。酒吧裡面怎麼看戲呢？這個酒吧有個舞池，經常上演啞劇。這些劇通常都會令人捧腹。有時候也會上演恐怖劇，演員甚至會扮鬼從觀眾席裡突然跳出來，嚇得人們尖叫聲四起。

於是，很自然地，巫桑和美女找了個適合觀看啞劇的位置坐了下來，他不免請她喝酒。

一切都是那麼離奇，一切又是那麼自然。

這是一個豔遇的機緣嗎？

巫桑是沒有膽量胡來的，於是他不停地喝酒壯膽。平時都喝紅酒，那天喝的是啤酒。似乎換酒喝更容易醉。他喝了很多，很快就暈暈乎乎了。他幾乎忘記那天是怎麼回的家。

對了，他是開車回的家。最後一幕是她送他上車，叮囑他路上注意安全。他發動汽車駛離的時候，從後照鏡裡看到她站在原地目送他。她站在邁幕酒吧那霓虹燈招牌下揮著手同他告別。霓虹燈所勾勒出的背景，恰好是一張巨大的小醜的臉。

「為什麼沒有留下電話號碼？我可真是個笨蛋，這一晚上都幹了些什麼？像個愚蠢的酒鬼，只知道不停地喝酒。」開車時，巫桑對自己當晚的表現很懊悔。

他暈頭暈腦地開車，幾乎迷路了，有那麼一個念頭閃過腦海：酒駕。他這是酒駕，抓了可是要坐牢的！這麼想的時候，他驚出了一身汗。但是此時他離家不到三公里了。

「再堅持一會兒吧，就快到了。」

事故的發生，總在一瞬間。

當汽車駛到一個偏僻的十字路口的時候，有個人突然從街角竄了出來，在巫桑看來，那個人簡直像要自殺。他看起來十分臃腫，穿著厚厚的衣服，好像還戴著一頂摩托車頭盔。一聲悶響過後，巫桑的汽車停在了碰撞地點超出二十公尺的地方。他透過後照鏡看到那個被撞倒的人躺在地上，一動不動。

巫桑嚇壞了，他的第一反應是下車檢視傷者，他的確是從車上下來了，甚至朝著傷者走了幾步，但他驀然想起自己喝了那麼多酒，如果撞死了他，而且被警察抓住，後果不堪設想。

想到這裡，巫桑後退幾步，又坐回車裡。他一腳油門踩下去，沒多久便回到了家裡。停好車後，他下車檢查，發現右前燈有些許破損，但不嚴重，他尋思也許撞得不重，那個人可能只是一時間爬不起來了。

但他心裡還是沒譜，於是又連夜把車停在了一個很偏遠的地方，用一個巨大的塑膠罩子罩住了車，然後搭乘計程車回家。

此後，他決定暫時不再開車出門。

他改造客廳，從上門服務變成在家攬客。

發生事故的第二天，報紙上說本市某地某時發生交通事故，行人被撞傷，昏迷不醒。巫桑非常緊張，他希望傷者能醒過來。但此後的報紙上卻沒了下文，並未對此事進行跟蹤報導。

又過了一週，就是巫桑在家開業的第一天，他遇上了那個客人。

「你可以叫我阿正。」客人保持著微笑。

「你想幹什麼？」巫桑擦了一下額頭上的汗，面部緊繃起來。

「你的臉色怎麼這麼難看？放心，我不會對警察說什麼的。還是按摩要緊。我背上有點癢。」阿正背過身去，再次趴下來。

巫桑回過神來，伸手去他背上撓了撓。

「你會不會趁我趴著不注意，謀害我呢？」阿正冷不丁地說。

巫桑嚥了一口唾沫，不知如何回答，手中的動作變得更加輕柔和小心翼翼。

「你那輛車最近不開了吧？最好不要開出來。」阿正接著說。

「你究竟想做什麼？」巫桑被阿正的話裡有話搞得有點惱怒，「你是想敲詐我嗎？」

「別緊張啊！看來我不該提這些令你不快的事情。老實講，我一上按摩床就有點犯睏。我不說了。我打算睡一覺。」阿正說完，不多時就沒了動靜。

巫桑看著背對著他的阿正，他從未像此刻一樣厭惡一個人。但他告誡自己要鎮定，一定要鎮定。

他從這裡出去是想報警嗎？不會，要是報警，早就報警了，不會等這麼多天。但是，他會不會真的是打算敲詐？

巫桑的按摩館才剛剛開業，此前上門服務雖說攢下點錢，可也的確沒多少，才二十萬元。因為他並不貪圖更多，上午工作下午休息，自然賺不了多少錢。阿正要是勒索，會勒索多少錢呢？

活幹完了，阿正似乎很滿意，他下床後，站在地上十分愜意地伸了個懶腰。

「你手上的功夫可真不賴。你幹這一行已經很久了吧？」

「十五年了。」

「不錯不錯。那我就不用擔心你站在我背後突然失手扭斷我的脖子了。」阿正笑著說。

巫桑不得不承認，在阿正講到他是唯一的目擊證人的時候，他心裡真的起過殺念，但那只是一瞬間，而且，他為自己有這個念頭而震驚。他無法將自己與「殺人」聯繫起來。但他轉念又想，十天之前，他已經殺過一個人了，那個橫穿馬路的不幸的人。

「今後，我會時常光顧這裡的。」

「時常？」

「我喜歡和專注的手藝人打交道。對了，今天的按摩，多少錢？」

「六百元。」巫桑本想給他免單，但又怕顯得自己太殷勤。

「這麼好的手藝，這價錢不貴。」

阿正拿出一張紙條，在上面寫上「六百元」幾個字，遞給巫桑。

「因為以後可能經常用到，所以我提前印了許多這樣的紙條。這張收據不代表我欠你的錢，而是代表著你欠我的錢哦。我每個月來和你結一次款。」他微笑著說。

巫桑一看，紙條的上面和下面分別印好了「巫桑按摩館」和「阿正」的字樣。他不禁頭皮發麻，阿正既然提前印好了這麼多收據，可見他是打定主意要敲詐了。巫桑給他按摩，還要倒貼錢。今天能填寫六百元，下一次就能填六千元，再下一次呢？巫桑越想越怕。他最難受的還不是錢，難受的是被人抓住了把柄。這件事最終會怎樣，會不會到頭來還是要坐牢或是抵命？

當晚，巫桑做了噩夢。他夢見那個被撞死的人趴在他的床邊，渾身是血。

他喊叫著從夢中驚醒，大汗淋漓。

5

果不其然，幾天後，阿正又來了。他出現在門口，手中拎著一個大約三升的長方形黑盒子。

巫桑想裝作沒看見他，但他並沒有客氣，直接走入門廳，在一張椅子上坐了下來。一旁的小桌上有個果籃，裡面有三個蘋果，還有一把水果刀。阿正拿起水果刀，又拿起一個蘋果，慢條斯理地開始削蘋果。

當時巫桑正在為一個老顧客按摩，原本接近尾聲了，但巫桑卻毫無停手的意思。

「今天這一單做完就打烊了。我要外出。」見阿正不走，巫桑沒辦法，只好變相地下逐客令。

「要駕車出門嗎？最近交通事故可不少呢。」阿正拿起削好的蘋果，咬了一口。

提到交通事故，巫桑心裡咯噔一下。哪壺不開提哪壺。當然，他知道他是故意當著別人的面這麼說的。他不知道他接下來又要說出什麼嚇人的話來，於是隻好打發走了剛才那位顧客。

現在屋子裡只剩下他們兩人。

「這些客人是臨時來的嗎？」阿正問。

「都是上週預約好的。」巫桑說。

「不錯。手藝好，老顧客多。你攢下不少錢了吧？」

「你今天是來按摩的嗎？」

「當然。」阿正從懷裡掏出上次那種紙條，「但今天我們先談好價錢。多少錢來著？我記得上次是六百元？」

「三百元。」巫桑故意把價格降低了一半。

「哇，還打折？真值！」阿正在紙上填寫金額，然後遞給巫桑。

巫桑一看，腦子裡嗡的一下。那個金額是六千元。

他差點罵出了聲，但他只敢在心裡咒罵。

「多寫了一個零？」巫桑抬頭問。

「沒錯，多麼合理的價格啊！」阿正說著脫下了外套，趴在了按摩床上。

巫桑頓了頓，做了一個不太明顯的深呼吸，開始給阿正按摩。

「你手藝這麼好，我會經常光顧這裡的。」趴在床上的阿正甕聲甕氣地說。又過了兩分鐘，他竟打起了呼嚕。看來他說得沒錯，他一躺在按摩椅上就犯睏。

巫桑突然看見了小桌上那把水果刀。要是趁他現在趴著看不到，用那把刀往他後背狠狠地扎下去，正好扎在心臟的位置，就能一命嗚呼，這個巨大的威脅就將不復存在，他就能鬆一口氣了。

但如何處理屍體呢？很多凶殺案不都是因為屍體的線索最終敗露嗎？

反正在自己家裡，可以把門鎖上，慢慢處理屍體。想到這裡，巫桑停下了手裡的動作，兩隻腳不自覺地向水果刀的方向走過去。

「怎麼停了？」阿正突然說話了，而且他抬起了頭，望著巫桑。

此時，巫桑手中正握著那把水果刀。

空氣在這一刻凝固了。他的心臟怦怦直跳。他竟然真的動了殺念，並且看起來將要付諸實施，想到這一點的時候，巫桑被自己嚇壞了。

「很好！」阿正哈哈大笑起來，「我沒有看錯人。」

「我等你醒了好翻身。」阿正連忙拿起一個蘋果，做出削皮的樣子。

「我趴著你不正好下手嗎？」

「下什麼手？」巫桑裝傻。

「我考察你很久了。」

「考察我？考察我什麼？」

「你是個情緒比較穩定的人。但我還是要告訴你，你還不夠冷靜，你不能靠憤怒和仇恨去殺人。」

「我不懂你在說什麼。」

「別裝了。你剛才想殺我滅口。」

「我沒有……」

「別怕，我來這裡，是和你談合作的。」

「合作?合作什麼?」

「殺人。」

「什麼?」巫桑以為自己聽錯了。

「放心，你不會有危險。並且，你的報酬將十分豐厚。」

「聽著，我不知道你是誰，也不知道你為什麼要挾我，現在還讓我去充當殺手，好端端的，我為什麼要去殺人?你是個瘋子嗎?請你出去，否則我要報警了!」

「報警?哈哈哈……拿起桌上的電話，你現在就報。」阿正拿起了電話聽筒，「需不需要我來幫你撥號?」

巫桑憤怒地走了過去，拿起電話撥號，但他驀然想起了什麼，手中停止了撥號的動作。

「對吧?你發現自己已經殺過人了，一個殺人犯去報警，是去自首嗎?」

「你到底是誰?」巫桑氣急敗壞。

「你不用知道我是誰，但我可以告訴你我的背景很硬，比你想像中的還要硬，這也是你不必擔心我給你指派工作的原因。你醉駕撞死人還逃逸，這個罪過可不輕啊。你接下來將受僱於我，我不但可以讓你洗脫罪名，而且會讓你獲得豐厚的報酬。你將為我工作半年，半年之後，你獲得自由，但你要去其他地方生活，不得待在本市。離開後，你儘可以過悠閒舒服的日子，因為你將實現財務自由。」說著，阿正從懷裡掏出五萬元，拍在了巫桑的手心裡。

「不行！」這五萬元彷彿燙手的山芋，巫桑縮回了手。

「那我可要打個電話了。」阿正轉身拿起電話，撥了個號碼，很快接通，「這裡是三二街派出所嗎？」

巫桑連忙撲過去摁掉了電話。

「別！」巫桑說。

「兩條路，看你怎麼選。」阿正放下了聽筒。

「但是你讓我去殺人。」巫桑頹喪地跌坐在椅子裡，「我可下不去手！」

「我接下來讓你做的事，比你想像的可要容易得多。因為正好可以和你的職業結合起來。」

阿正說著，拎起了他進屋時帶來的那個黑盒子，將它放在桌上，盒子頂端有個紅色按鈕，他按下了那個按鈕，盒子開啟了。

巫桑湊上去一瞧，裡面躺著一件樣式古怪的儀器。

第六章　陰謀浮現

1

「汪老師，你為什麼不能正視你的潛意識？」

「潛意識？」

「沉澱在你內心深處的真實想法。」

「你認為我內心深處的真實想法是什麼？」

「你是欣賞我的。」

「我是欣賞你的，但是……」

「但是，透過多次的接觸，這種欣賞有可能會轉換成一種喜歡。」

「可是我已經有喜歡的人了。」

「選擇伴侶就是選擇人生，你可要想好了。」

「我愛她。」

「那是慣性。慣性使你保持靜止或者勻速直線運動。如果你再不去做出改變，那將成為你的固有屬性。這個固有屬性，對你的人生弊大於利。你需要一個知己，一個懂你的人，能夠和你進行學術討論、一起展望未來的人。」

汪若山想說感謝妳對我付出的感情。沒錯，他心裡真是這麼想的，畢竟一個年輕貌美又不失聰明的女生對自己仰慕，這不是壞事，更不能說對方錯了。可是透過講道理的方式勸退一個女人，對他而言，不好開口。他在女性面前非常紳士，比較在意對方的感受。

但有一點他當然明白，腳踩兩隻船是不行的，必須堅決地拒絕其中一方。

「劉藍，我真的謝謝妳……」汪若山說。

「這可沒什麼好謝的！」劉藍打斷了他的話，「我不知道你是否能夠理解，一個人對另一個人的愛，往往是沒有理由的，是發自本能的。有時候，你會從骨子裡覺得，你愛的那個人，就是你生命裡的唯一。如果沒有在一起，人生就完了。」

「我理解。我對我現在的女朋友，阿玲，就是這種感情。」

「好吧……」劉藍的眼睛裡似乎閃動著淚花，「我再說下去，就太卑微了！」

「對不起，妳是個好姑娘，希望妳能收穫幸福……」汪若山有些不知所措，但他知道也只能如此了。

劉藍紅著臉站了起來，有那麼一瞬間，汪若山覺得她似乎要大哭一場，但她竟然笑了。

「我們走著瞧吧。」劉藍笑著說。然後，她轉身離開餐廳。

汪若山被晾在了座位上。

這個時候，侍者走來，上了最後一道菜。他們還沒動過筷子。不願意浪費糧食的他，只好吃了一半，另一半打包帶走。

回實驗室的路上，汪若山若有所失，怏怏不樂，他摸不清這種情緒從何而來。在實驗室樓下迎面走來的高帥，打斷了他的思緒。

「汪老師吃過了？」高帥問。

「吃過了。對了，你這是要去食堂吧？別去了，我剛才在外面點了一桌子菜，有兩個菜就沒動，給你打包帶回來了。」汪若山將餐盒遞給高帥。

「汪老師和誰吃的飯？」高帥接過餐盒，壞笑著說，「她很下飯吧？」

「你看見了？」

「半個學校都看見了。你們在講臺上炸了鍋，然後從教室走出來，穿過校園，眾目睽睽之下，去了雪山餐廳。」高帥調侃道，「謝謝您，和女學生吃飯，還不忘給我帶飯。」

汪若山臉紅了起來，他自覺不該和劉藍吃飯，但不把話說清楚，又不行，還好終於把話都說清楚了。可劉藍最後撂下一句話「我們走著瞧」，什麼叫走著瞧呢？為什麼要說這話？

顯然，她還是沒有死心。

「高帥，你可別出去亂講。」汪若山說，「我正要求你陪我辦件事。」

「別用『求』這個字，我受不起。讓我猜猜，您希望我去追求劉藍，好給您解圍。」

「你以為我天天就想著這點事？」汪若山哭笑不得，「我是想讓你和我去趟山區。」

「去探險？我可不想去，我不愛冒險。」

「阿玲的父親滯留在山區，不知是生是死，我要盡快打聽他的下落，好給阿玲，也給自己一個交代。」

「怎麼會不知生死呢？」

「以前，我去山區是個人愛好，你知道我喜歡旅行。邂逅阿玲是個意外，我收穫了幸福，但阿玲是喜憂參半的。她被當地部落首領的惡霸兒子相中了，要被擄去當老婆。阿玲當然不願意，以她的倔脾氣，寧可死，也不答應。當時我們已經有了感情，我設法解救了她，她父親隨我們一起出逃，我們半路被追上，發生槍戰，他父親斷後，我和阿玲才得以脫身。」

「還有這事！」高帥驚訝地說。

他原本以為，汪若山去山區只是在尋常的旅途中收穫了豔遇，沒想到他竟然為了一個女人，親歷了生死考驗。

「她父親現在怎樣了？」高帥問。

「凶多吉少。」汪若山嘆氣道。

「非去不可嗎？」

「時隔這麼久，部落的追兵應該早撤了。你和我一起去，有個照應。當然，你不去也沒關係，我自己是必須去的。」

「科學研究專案呢？我們還要趕進度。」

「去山區的確耽誤進度，但專案已經有曙光了，稍晚些沒關係。」汪若山嘆了口氣道，「說實話，我對星際殖民實在沒什麼興趣。如果讓我飛去那麼老遠尋找新家園，我可不去。」

「不會讓您去的，是讓受精卵去。」

「這個計畫不現實。反物質推進器可以把飛船快速推向遠方，但目的地呢？那些類地行星能接受初次降臨的新生兒嗎？他們能適應新環境嗎？現代的嬰兒和古代的嬰兒沒什麼區別。現代的人類之所以強大，是因為站在巨人的肩膀上，一代又一代的科技巨人。新生兒要走的路太遠了。」

「沒想到您賣力地幹了這麼久，居然不看好星際殖民計劃。」

「既然是政府的計畫，我會繼續認真履行，這是我的工作。」

「不飛出太陽系，人類就沒前途。」

「人類也許注定將被困死在太陽系裡。不過這也沒什麼不好，因為我們可能生存不到衝出太陽系的那一天。文明更迭是宇宙裡的自然現象，順其自然有什麼不好？十九世紀到二十一世紀，短短兩百年裡，地球遭受了三次撞擊，一次比一次嚴重，那些小行星和彗星，就是人類命運的信使，這是宿命。」

「您變化可真大。以前理性，現在變感性了，居然能接受宿命。」

「相信宿命是更深層的理性。」

「您這話我需要消化消化。」

「當然，宿命不代表悲觀。人類的發展有漲潮就有退潮，洪水退潮，陸地顯現，地球還原曾經的面目。」

「您身在G城，卻持有山區人的觀點。」

「我們別討論觀點了。你跟我去山區嗎？」

「我和丘貞商量一下。」

「很抱歉，你剛墜入愛河，我就剝奪你的時間。」

「我不會重色輕友。要不，我們四人先吃頓飯？」
「可以。」
「明晚？」
「明晚見！」

2

第二天晚上，雪山餐廳。
四人落座後，自有一番介紹。
「這是阿玲。這是我的同事高帥。」汪若山介紹道。
「妳好！」高帥伸出一隻手，和阿玲握了一下，「我終於知道汪老師出生入死是為了什麼。起初我不理解，現在我認為太值了！」
阿玲伸出手去握，她聽出這是在誇自己，不免有些臉紅。
「這是丘貞！」高帥介紹道，「一本雜誌的封面女郎，我看到那本雜誌，一下子就魂不守舍了。」
「這是緣分呢。」阿玲笑著說。

「那叫什麼雜誌來著?」汪若山扭頭問高帥。

「叫《路邊的花》。」

「沒聽過。」汪若山說。

「我以前也沒見過，也許那是第一期?」高帥說。

「有可能我當封面女郎之後，就停刊了呢。」丘貞自嘲道。

四人哈哈大笑起來。

「很高興認識你們。」丘貞望著阿玲和汪若山道，「高帥給我講過你們的故事。今天終於見到真人了。」

「我們這個組織今天就算是成立了。以後常聚。來，先乾一杯!」高帥舉起酒杯道。

碰杯之後，四人一飲而盡。

一個普普通通的飯局，兩個哥們兒，都帶著女友，一起吃一頓飯，建立屬於他們四個人的小圈子。不出意外的話，往往兩個女人隨後也會成為閨蜜。

這頓飯表面上看起來是成功的，但實際上卻另有文章。

聚餐分別後，丘貞和高帥有一番私下的對話。

「要我說呢，汪老師和阿玲不般配。」丘貞說。

「挺好啊，阿玲挺漂亮的。」高帥說。

「你只知道以貌取人吧？這不是關鍵。關鍵是你覺得汪老師和阿玲能有共同語言嗎？他們來自兩個世界，山區和G城是兩個世界。阿玲代表著回歸蠻荒；汪老師代表著現代科技。他們兩人的差別太大了？」

「這話可有點難聽了。」

「我說得不對嗎？」

「也不是沒有道理。剛開始我也有這個感覺，畢竟兩個人的結合是一輩子的事情。」

「呵呵，你倒也說起一輩子的事了。我以為你打算一輩子當成好幾輩子過呢。」

「胡說。感情的事，我認真起來很執著。」

「我姑且相信吧。」

「汪老師和阿玲的感情很好，妳從他們看彼此的眼神就能看得出來。」

「用你的話說，這是一輩子的事，而不是一時的。一對戀人，剛開始誰不喜歡誰呢？時間長了，那些原本沒有顯現出來的問題，就會突顯出來。阿玲是個科技小白鼠，而汪老師是個科學家。阿玲對現代社會的文化生活也無從品讀，那些高階的情趣，她也無從體會。而汪老師可是有著絕頂聰明的大腦和豐富細膩的內心世界，時間長了，他會覺得孤掌難鳴。另外，對阿玲來說，汪老師就是她的全部，這對女人而言，可能是個災難。」

「他們經歷了生死考驗。」

雖然高帥不知道為何替汪若山和阿玲的關係做辯護，但他可不喜歡丘貞對他們的感情如此指指點點，儘管他覺得她說的不無道理。

「生死考驗？」丘貞不解。

「對，部落首領的兒子看上了阿玲，非要娶她為妻。汪老師冒著生命危險把她從部落武裝那裡解救出來。阿玲的父親也至今生死未卜。」

「這可差點壞了大事……」丘貞隨口道。

「什麼大事？」

「沒有沒有。我是說，什麼人配什麼人。山區的人和山區的人通婚才對。還搭上自己的父親，太離譜了！」

「夠了！」高帥突然提高了音量。

他心裡不禁想到，女人不能只是外表好看，心地也要好才行。他原本還打算告訴丘貞，過幾天要陪汪若山去山區尋找阿玲父親的下落，既然丘貞帶著偏見看阿玲，他也就決定閉口不提此事了。免不了到時候另找藉口去山區。

「生氣了?」丘貞被高帥突如其來的慍怒嚇了一跳，然後又換了溫柔的語氣說，「對不起，我不說了還不行嗎?」

「人家又沒有礙著妳什麼事。汪老師是我最好的朋友，他這份感情來之不易，最起碼，我們應該祝福他。」

「你說得對!祝福他們。希望他們白頭偕老。不要生我氣了好不好呀?」丘貞用手拉著高帥的手，撒嬌道。

「唉，妳可真多變!」高帥哭笑不得，「妳轉眼楚楚可憐這又是哪一齣?」

「到了晚上，我變化還要更大呢!」丘貞說著，衝高帥擠了擠眼睛。

高帥心裡一癢，剛才的那點不快，當即拋到九霄雲外去了。

3

當晚，汪若山和阿玲躺在床上聊天。

這些天，他們每天入睡之前，都會躺著聊會兒天，他們感情的溫度和深度，也在交流中不斷遞增。汪若山在給阿玲這個來自大山裡的姑娘惡補這個世界的由來和格局，這是個不小的工程。

阿玲的媽媽在生她時難產死了，她由爸爸養大。騎在高頭大馬上的爸爸，對她而言，就像一座山一樣高大。的確，父愛如山。李克儘管愛她，但不嬌慣她，才六歲，就讓她拿著鞭子放羊，身邊伴著一隻健壯的牧羊犬。

而現在她來到這個陌生的城市，開始接觸汪若山的朋友，對城裡人有了觀察，揣摩他們的言行舉止，思量他們的意圖。山裡人都直來直去，即便是尼薩，雖是個惡人，但也是直來直去的惡。可城裡人不一樣，她總覺得他們要複雜得多。

「你以前見過丘貞嗎？」阿玲問汪若山。

「這是第二次見面。」汪若山道。

「你覺得她怎麼樣？」

「還行吧，我還不了解她。」

「她好像有什麼目的，但我又不清楚。我感覺到，她在『觀察』我們。」

「觀察？哪種觀察？是察言觀色，還是有什麼其他的目的？」

「至少我覺得她不喜歡我。」

「妳怎麼知道？」

「就是一種感覺。她看著我的時候，會情不自禁流露出一種審視的眼神。」

「沒想到妳還很敏感呢。」汪若山笑了，他摸了摸阿玲的臉說，「她幹嘛要審視妳呢？我覺得她還蠻喜歡妳的。」

「那是表面。爸爸跟我講過，有的人，嘴上說的話和心裡的想法不一樣。和你說東，想的卻是西。」

「我贊同你爸爸的觀點，有的人心口不一。但我覺得丘貞並無惡意，審視別人，可能只是她下意識的性格或是習慣。心口不一，有時候也可能有善意的成分。譬如有人誇我長得帥，但實際上我並不帥，對方是為了讓我開心才這麼說的。」

「你是真的帥。」阿玲笑道。

「不不不。」汪若山也笑道，「那可不見得。但我知道妳是真的美。」

阿玲嬌羞地親了一下汪若山。

「我喜歡和心口一致的人相處。」汪若山愛撫著阿玲的頭髮說，「哪怕對方的話很刺耳，但是我知道那是真心話。複雜不代表高階，有的時候，單純才是真高階。」

「你說得對。」阿玲點頭道。

「我想讓生活簡簡單單，鬆弛一些。選擇在一起生活，就不要鬥智鬥勇，兩個人應該和平安詳。」

「有的人，想複雜也複雜不起來。生活對他而言就是一條直線，學不會拐彎。我想，我就是這樣的人吧。以前在山裡，爸爸是我的天，但有一天，這個天塌了，天塌了也得好好活下去，還好，有你在，現在，你就是我的天。」

汪若山聽到此處，眼眶一熱，不禁感動，但眼淚卻沒有掉下來。他擁抱了阿玲，他真切地感受到，阿玲是可貴的。

「我們什麼時候登記結婚呢？」汪若山問。

「我希望，在打聽到我爸爸的下落之後。」阿玲仰著頭，眼裡噙著淚水。

「嗯，應該的。為了我們的幸福，妳爸爸付出了太多。一定要找到他的下落。」

「什麼時候動身？」

「週末吧。」

「我和你一起去。」

「不用。妳就在家等我。高帥跟我去。」

「他願意去嗎？」

「都說好了。」

4

阿正走了幾步，回頭望著醫生。

「走路姿態看不出什麼問題了。」醫生透過厚厚的眼鏡片，盯著阿正的腿問，「還疼嗎？」

「幾乎沒感覺了。」阿正說。

「恢復得不錯，接下來要加強鍛鍊。下次過馬路要注意。行了，你可以回去了。」

「謝謝。」阿正道謝後離開。

阿正感到有點後怕，那天巫桑喝得太多了，喝那麼多酒再去開車，神經遲鈍，不知輕重。丘貞應該讓他少喝幾杯。但丘貞是可靠的，最起碼，她讓性格嚴謹的巫桑，在那個色彩斑斕的戲劇酒吧裡放下了思想包袱，展現出了連他自己都不知道的另一面：放縱慾望。丘貞又及時抽手，不留後路，也讓巫桑不會再去纏她。

巫桑駕駛的汽車衝撞過來的時候，幾乎沒有踩剎車，還好阿正穿戴了一身摩托車手的裝備：頭盔、護肘、護膝，為了以防萬一，甚至還戴上了軍用胸甲。

本來他計劃用碰瓷的方式演繹一下，結果車開過來的時候速度太快，他幾乎完全來不及躲避，只能連忙側身，車撞到了他的左腿，他被彈飛了。如果當時恰好有人路過，也一定會以為出了人命。這齣戲太真實了。

擔心酒駕撞死人要坐牢，巫桑選擇了肇事逃逸，同時也選擇了另一條人生路。他原本平靜自在的生活，徹底被打亂、被重構了，他成了另一個人。

複診時被醫生告知康復的阿正，走路輕快了起來，他抵達學校圍欄之外的時候，給巫桑打了電話。

「她在G城唯一熟悉的人是她的男朋友，最近不在她身邊。給你三天時間，不許再失手，酬勞翻倍！」阿正告知完畢，結束通話電話。

巫桑站在校園外北側的街頭，向上盯著樓上的一扇窗戶。

阿玲恰好推開這扇窗戶通風，一陣小風吹拂，她的髮絲舞動起來。她眺望著遠山，那裡有兩個重要的男人，一個是她生死未卜的父親，一個是尋找他父親的汪若山。

「這個美麗的女人，究竟犯下了什麼罪行，阿正為何要除掉她呢？」巫桑摸著小臂上的一處剛剛癒合的疤痕，思忖著，「她可一點都不像能幹出壞事來的人。不像那個趙健。趙健是個胖子，要是真給他按摩，手力都無法穿透他那厚厚的脂肪。他的腦袋十分大，五官卻非常小，很不協調，一看就不像好人。他是個恐怖分子。沒錯，他一定是個被實施精神控制的恐怖分子，不知什麼時候就會傷及無辜。」

趙健便是在醫院裡憑空消失的那個男人。住院時，雙腿截肢。巫桑在給他「按摩」的時候，正要開啟阿正交給他的那個神祕儀器，卻被他發現了，他狠狠咬了巫桑一口，那一口可真有力道，傷口深可見骨。不過，失去雙腿的人，戰鬥力畢竟是有限的，加之巫桑手勁很大，他迅速按住了趙健，啟動儀器，啪的一聲怪響，趙健便化作了一縷白煙，就像瞬間被氣化了一般，神奇的是，床單及周邊其他物品卻完好無損。

巫桑揉了揉眼睛，有些粉塵鑽進了他的眼睛。

「這種死法，應該不會有痛苦。」巫桑望著床單上留下的少許白碳粉末想道。

對現場進行簡單清理後，他離開了醫院。

巫桑認為他在做正確的事，因而殺掉一個人時，心底並沒有激起多少波瀾。匠人一旦專注起來，內心十分平靜。

他知道，阿正在政府下屬的一個祕密組織裡工作，這個組織與警方有關。阿正曾向巫桑展示了市長的一段錄影。

「巫桑，替市民剷除恐怖分子，就是除暴安良，你正在從事著正義的事業。」市長在影片中如是說。

那個胖乎乎的市長，熱衷演講，善於煽動群眾的情緒。看到尊貴的市長喊出自己的名字，巫桑受寵若驚。他想留下這段影片做紀念，但阿正卻不給他，說這都是機密。

酒駕撞死人，沒坐牢，還能替政府做有意義的事，完成一個任務獲得的酬勞相當於他此前做按摩師一年的收入。對巫桑來說，儘管這並不是他要的人生，但他沒有更好的選擇了。

巫桑在思考接下來怎麼辦。醫院裡那一次，是他第一次失手，他反思自己，還是心有雜念，心裡覺得阿玲不像個恐怖分子，所以猶豫了。

「難道恐怖分子會把自己打扮成恐怖分子的樣子去招搖過市嗎？」阿正質問巫桑，「你難道不相信政府？我們都是傻瓜嗎？我已經對她做過詳盡的調查，證據確鑿。但這些都不關你的事，你要做的就是執行！」

巫桑啞口無言。

望著在視窗出現的阿玲，巫桑默默想到，身為一個資深的手藝人，絕不能允許自己再次失手。

5

阿玲獨自一人坐在沙發裡。

無事可做是讓人煎熬的。

幸好，汪若山臨走時給她開啟了電視機。起初，裡面在播放賽馬的體育節目，節目是那麼長，從下午一直到傍晚，阿玲竟看得津津有味。後來賽馬終於結束了，開始播放一部驚悚片，名字叫《夜幕》，講述一個獨身的女性在午夜降臨時被人謀殺的故事。阿玲此前沒看過此類故事，十分好奇，在看到緊張之處，她害怕了，關掉了電視。但是，過了幾分鐘，她又按捺不住，開啟電視，抱著枕頭，雖然枕頭擋著臉，卻露出一雙眼睛，她就用這一雙眼睛，躲躲藏藏地把這部電影看完了。看完後，她十分生氣，因為故事裡的壞人殺了好幾個人，卻始終沒露面，而且，故事結束的時候，那個殺人的惡魔竟然沒有被抓住，成了懸案。

阿玲胸口起伏，她關掉電視，把家中所有的燈都開啟，又拿起茶几上的水杯，將冰涼的茶水一飲而盡。

「去樓下轉轉，待在人多的地方。」為了排解恐懼感，阿玲不禁想道，「然後再回家好好洗個熱水澡。」

打定主意後，她便去浴室放熱水。

說到洗澡，淋浴對阿玲來說是一種新奇體驗。因為她曾在河裡洗澡，當然，多數時候，她會在室內用爐火把水燒熱，注入一個巨大的木盆裡洗澡。她喜歡泡澡，溫暖的水包圍著自己，好像回到了嬰孩時代，在母親腹中，被安全包圍。

剛來G城那天，汪若山讓她嘗試淋浴，她感到很不舒服，打個比方，同樣是與水親近，跳入河裡游泳很愜意，但在雨中被淋成落湯雞就很難受。

於是她把汪若山那個久久不用的廁所裡的浴缸刷洗了一番。

下樓遛彎的時間是晚上九點，有不少學生剛下晚自習，人是比較多的。在人多的地方，阿玲便將剛才看電影的不快淡忘了。

這座學校是美麗而精緻的，有漂亮的假山和花園，但比起山裡景色的壯美，就差遠了。倒是餐廳門口的一臺巨大的自動售貨機吸引了她的注意。售貨機商品繁多，無人值守，只需輸入一段密碼，便可購物。汪若山事先告知了她密碼。她用這個方式，買了一些帶骨頭的羊肉。她打算把羊肉放在冰箱裡冷藏起來，等汪若山回來，便用家鄉的傳統手藝燉給他吃。

她拎著羊肉返回房間，在開啟熱水龍頭的時候，她發現香皂用光了。她將水龍頭的出水調小，估算了時間，下樓去自動售貨機買一塊香皂，回來時水便能恰好注滿。於是她又出門了。

剛走到電梯口，走廊裡的燈突然熄滅了。

她並未慌張，在黑暗中摸索到電梯，下樓的按鈕指示燈不亮。

「一會兒只好點蠟燭了。」阿玲想道。

沒有電梯，只能走樓梯。阿玲倒不在意爬樓勞累，大山裡的風吹日晒、策馬揚鞭鍛鍊了她的身體，她的體力是充沛的。她折返回屋裡，帶上一盒火柴，便關上房門出去了。

樓梯間很寬闊，即便三個人並排走，也綽綽有餘。

阿玲摸著扶梯往下走，每到拐角，她便劃著一根火柴，照亮腳下轉角的臺階，火柴熄滅了，她繼續摸黑走。

樓下有人在說話。

「怎麼停電了？」一個女人說，「你房間也停電了嗎？」

「好像整棟樓都停電了。」一個男人甕聲甕氣地回答。

聽到有人說話，阿玲摸黑走路的膽子也壯了一點。

下到十五樓的時候，樓下響起了很輕的腳步聲，聲音愈來愈大，似乎有人正在上樓，樓下卻並未看到光亮，可見那人也是摸黑上樓的。

為了迎接即將到來的照面，阿玲劃著一根火柴，隨著火花四濺，周圍一下子被照亮了。

她和那人在十三樓相會了。

他迎面走來，瘦瘦高高，戴著一頂大帽子，帽簷遮住了臉孔，加之光線昏暗，根本看不清臉。他步伐堅定有力，在看到阿玲的一瞬間，停頓了一下，然後與她擦身而過，繼續向上走去。

阿玲驀然間感到，這個人的身材和相貌，好像在哪裡見過。

她手中的火柴即將燃盡，手被燙了一下，她條件反射地扔掉了殘缺的火柴棍。

旋即，又陷入了黑暗。

第七章　戰爭預謀

1

尼魯，我們當然不陌生，他的兒子尼薩差點兒擄走了阿玲。

但尼魯和尼薩的罪惡，絕不僅限於此。

和世界上一切的小首領一樣，他們都希望自己變成大首領，擁有更多的土地和更多的權力。有了這樣的慾望，不免要發生與周邊地區的流血衝突。

尼魯是如何從一個平頭百姓成為部落首領，進而成為整個山區領袖的？通往成為強悍領袖的路上，往往少不了背後女人的支持。男人掌握世界，女人掌握男人。

我們不說掌握，但尼魯的老婆，特別是他的第二任老婆，對他政治預謀的達成，提供了重要幫助。

尼魯原本有個同齡的老婆，青梅竹馬，在只有五歲的時候就被雙方父母指定了娃娃親。

他們十九歲結婚，婚後育有一個女孩和一個男孩，不幸的是，女孩在出生時就夭折了，還差點要了老婆的命。男孩長到十五歲，在山坡上放羊，遭遇了一群狼，狼沒有吃羊，卻把這個十五歲的孩子吃了。尼魯原本是個性情溫和的人，但兩個孩子的夭亡讓他性情大變，他認為自己本分老實，老天卻待他不公，為何要讓他接連遭受打擊呢?此後，憤恨占據了他的內心，他的行為也更加粗野了。

有一年，他所在的那個小部落的首領調戲他妻子，他趁夜將一把獵刀插在了那個首領的胸口。離奇的是，那把刀卻沒有刺中要害。首領要抓他，想把他碎屍萬段。尼魯帶著妻子逃命，亡命途中，他結識了不少受壓迫的窮苦人，這些人多少也曾受過那個部落首領的欺凌。他展現出政治才能，把這些人團結起來，殺將回去。

首戰不成功，他被俘了。審問過後，被押赴石崗。石崗是處決犯人的地點。即將行刑的時候，他掏出身上全部的錢去賄賂那兩個劊子手，劊子手拿了錢，卻並不住手，他見死到臨頭，便起身狂奔，摔了一個大馬趴，吃了一嘴土，耳邊有子彈飛來，竟然沒有一顆打在他的身上，也不知是劊子手真的放過了他，還是槍法太臭。

性格強悍如他，雖九死一生，卻沒有罷手，一年後，他組織起了更大的隊伍，這一次，終於一舉打敗了部落首領，並且取而代之。他購買槍枝彈藥，訓練軍隊，不斷擴充實力。

原首領成為尼魯的階下囚。無巧不成書，在俘虜營裡，尼魯發現了那兩個差點殺掉他的劊子手，尼魯下令由這兩個劊子手行刑處決首領。這一次，倆人絲毫不敢含糊，砍掉了首領的頭。

尼魯留他倆在身邊，成為他的將領。其餘的人，願意留下的留下，願意走的，就地放人。

雖然成了部落首領，尼魯卻不滿於現狀，他開始不斷吞併周邊的其他部落。較小的部落，主動向他俯首稱臣，但稍大些的部落，當然不會束手就擒，而會奮起反抗。當然，這裡面也包括不等他侵犯就率先侵犯他的更大的部落。比如胡賽的部落，就是當時整個山區最強大的部落。

胡賽的部落兵強馬壯，但他卻不常發動正面戰爭，總是搞一些小伎倆，企圖將自己的損失降低到最小，將敵人的損失搞到很大。夜襲便是他的手段。他訓練了一支夜襲隊，神不知鬼不覺，在漆黑的夜裡就將睡夢中的敵人一舉殲滅。那些白色的大帳篷，在夜色中被點燃，火光沖天，對手往往還沒有來得及拿起武器，便葬身火海。他還尤其擅長搞暗殺，有一支暗殺隊。暗殺主要是針對敵軍的將領或其他重要人物。他曾經暗殺過好幾個敵對部落首領。擒賊先擒王，這種暗殺往往使敵人陣腳大亂。失去領袖，無疑會讓一個崇拜領袖的部落淪為一盤散沙。

尼魯的第二個老婆，就是行刺他的刺客。

雖然離譜，但這是事實。

在部落建立六週年的慶典上，尼魯正在觀賞歌舞演出，一個負責端水果和烤肉的女侍者悄悄走上了觀演臺，並且很快地接近了尼魯，趁他不注意，突然抓起了藏在葡萄堆裡的手槍，對準尼魯的頭，就在她準備扣動扳機的一剎那，尼魯也正好一扭頭，看見了她。當時三十六歲的尼魯望著黑洞洞的槍口，同時望著槍口後這位年輕貌美的女子，一時間不知所措。而睜大眼睛看著眼前帥氣的尼魯的女侍者一時間居然忘記了自己是前來行刺的槍手，她竟然慢慢地放下了手裡的槍。這時，尼魯笑了，他正打算迎上前去，身邊剛反應過來的護衛就撲上去制伏了這位女刺客。尼魯勒令警衛退下，扶她起來，得知這位女刺客名叫菲亞。短短一個禮拜後，尼魯和菲亞舉行了婚禮，從此他便有了兩個老婆。

菲亞的能力很強，她為丈夫訓練出一支女子暗殺隊，她們個個貌美如花，身手不凡，所完成的任務，抵得上幾千名驍勇善戰的男人。

尼魯的原配，在兩個孩子夭折之後，年紀大了，不能生育，便也只好接受了這個現狀。她和父母生活在稍遠的帳篷裡。尼魯為她安排了多個僕人，好吃好喝伺候著。

不久，菲亞給尼魯生了一個兒子，取名為尼薩。

尼薩長大後，成為尼魯的助手。他雖然是個花花公子，但也十分擅長打仗。尼魯漸漸成為幕後領袖，與周邊部落的戰役，都由尼薩負責指揮。

當然，畢竟尼薩還年輕，一些關鍵的大戰、重要的決策，還是要請示尼魯。

「你最近心情不好？」尼魯在餐桌上問。

「我想起半年前的事。」尼薩一口喝下半杯烈酒。

「想不到，我的兒子會痴迷一個女人到這個地步。」

「這是遺傳吧？您當年不也是迷上我媽了嗎？不顧生命危險，非她不娶。」

「這話不假，但一個巴掌拍不響，你媽她也迷上了我，我們是兩情相悅。」

「您這話是在諷刺我。」

「強扭的瓜不甜。」

「我聽說她逃到G城去了。」

「你可別因小失大。」

「呵呵，他們快活不了幾天了。」

「你的攻城計畫如何了？」

「我正在醞釀一個『陽謀』。」

「不是一個陰謀？」

「G城是陰暗的，我為它送去陽光。」

「為什麼它不是陽光的？」

「每天都有不少人失蹤。」

「失蹤？」

「對，就像突然化成了灰。」

「為什麼會失蹤？」

「根據我刺探到的情報，政府在有意剔除一些人。」

「剔除的理由是什麼？」

「不知道。但據我了解，被祕密處理掉的，似乎不都是壞人。」

「他們也搞暗殺這一套。」

「沒錯。我們搞暗殺，是針對敵人；他們搞暗殺，是針對某些市民。這樣的城市，表面上乾淨整潔、欣欣向榮，但背後藏著不可告人的祕密。」

「這些情報，都是你打探來的？」

「是我的手下摩爾打探來的。」

「你小子進步了。」尼魯面帶微笑，「武器怎麼樣了？」

「武器是我們的短板。G城當然比我們科技發達，但也抵不上有人喜歡錢。武器是可以買的，甚至還可以從對手那裡買，哈哈哈……」

「如果真的開戰，我不知道你能扛多久。」

「您應該問我多久可以取勝。」

「策略上，你可以藐視敵人；戰術上，務必重視敵人。」

「戰鬥打響的最佳時機就是對方根本不知道我們即將進攻。G城到目前為止，完全沒有發現我們有進攻他們的打算。儘管他們沒有把最先進的武器賣給我們，但他們還在數著鈔票沾沾自喜。僅憑這一點，他們已經失敗了一半。更何況，他們的人口，只有我們的四分之一。」

「部落之間的戰爭，無非是人多占優，敵打我退，敵退我打。但G城有高科技，有我們不知道的東西。」

「沒有經歷戰爭的民族，必然很脆弱。實戰才能興軍。我認為部落之間的戰爭其實更難打，因為沒有一個部落是不打仗的，每一個部落都在吞併更小的部落，或者挑戰更大的部落。這些戰鬥本身就是訓練軍隊的最好方法。我們要預防的是內部問題，我們的敵人是『不團結』和『不積極』。G城百年以來沒有發生過戰爭。我懷疑他們現在連普通的犯罪團夥都應付不了。」

尼魯聞言，皺起了眉頭，隨即又點了點頭。

2

再次趕赴山區，於汪若山而言，心情大為不同。

早期是探險，後來是尋愛，現在是見證悲劇。

從G城往西大約一百千尺，便到了山區的邊界，那個地方再往西並不通車，只能騎馬。

高帥不善騎馬，確切地說，他是臨時接受培訓，練習了兩個小時，便出發了。這一路也並不敢策馬飛奔，只能讓馬兒一路小跑。騎起來渾身肌肉緊繃，生怕自己掉下來，所以一點也不輕鬆。

兩人並排騎馬，在幾乎沒有人煙的大山裡。山腳下有大片的綠植，但是到半山腰的時候，綠植的顏色便傾向於黃色，再往上是褐色，在山的頂部，是白色的，那是白雪和冰凍的世界。這樣富有層次的景色，可謂是美麗的、壯觀的。對高帥而言，非常新鮮。

「這地方可真不賴！」高帥嘖嘖讚嘆。

「知道我為什麼喜歡這裡了吧?」汪若山說,「只有來過才能明白。」

「美景配美人,瀟灑。您在這種壯麗的環境裡,難免生出英雄救美的興致來。」

「誰救誰還不一定呢。」

話音剛落,就在他們西南方向不遠處,出現了一隻狼,再仔細看,那是一群狼,起碼有二三十隻。這些狼瘦骨嶙峋,顯然,牠們餓壞了。

高帥立刻緊張起來。

「怎麼辦,快跑吧!」高帥小聲喊道。

「別急!不要引起牠們的注意。」汪若山用馬鞭指了指西北方向,「牠們的目標,可能不是我們。」

那兒正有兩隻犛牛在吃乾草。犛牛神情呆滯,寬大的嘴角湧出不少白沫。果然,狼群朝西北方向移動,牠們沒看上汪若山和高帥,牠們想吃牛肉。

生死大戰打響了。

二人在四十公尺外的岩石後面看著牠們搏鬥,為安全起見,應該趁亂逃走,但好奇心又使他們留步。

戰鬥一開始,一隻犛牛跑掉了,落單的那隻陷入困境。

犛牛毛髮茂密，狼一口咬下去，只啃掉一嘴毛。犛牛雄壯有力，與狼搏鬥，就像巨人和小狗打架。

但犛牛敵不過狼的數量多，一隻狼騰空一躍，跳在了犛牛的腦袋上，犛牛奮力搖晃著牠那碩大的犄角，狼被犛牛角挑破了肚皮，鮮紅色的腸子從破開的肚子裡湧出來。此景嚇住周圍的狼，牠們後退了幾步，但並沒被嚇跑，不多時，又圍攻上來，一隻狼爬上了犛牛的後背，另一隻狼掛在牠脖子下面，還有一隻狼在掏牠的肛門。更多的狼圍了上來，終於，牠寡不敵眾，倒下了。跑掉的那隻犛牛想轉身去救同伴，靠近了兩次，震懾於狼群的凶狠，只好再次逃離了現場。

汪若山和高帥不忍久視，策馬離開。

「大自然弱肉強食。」汪若山道，「對狼來說，犛牛就是行走的美食。蠻荒之地，犛牛活著的意義，就是成為狼的餐食。」

「汪老師，人活著的意義是什麼？」高帥問。

「人活著，沒什麼意義，因為追求意義，才有了意義。」汪若山答道。

「這個答案很高階。」

「沒有標準答案。」

「汪老師您打算什麼時候和阿玲結婚？」

「你以後別叫我汪老師了。左一個汪老師，右一個汪老師，我們是同事。學生叫我老師可以，但同事之間就別喊老師了，特別是只有我們倆人的時候。」

「學術上和生活上，您教會我很多，名副其實的老師啊。」

「學術上你不能沒有我，但我也不能沒有你，是共生關係。生活上，我唯一的建議就是：你大可追求一些樸實的東西，保持樸實的生活品質，做樸實的事，結交樸實的人。」

「我猜想您大概是在影射丘貞。」

「我可沒說，感情的事情，自己拿捏。」

「那換個話題。您希望自己揚名立萬，成為顯赫的人嗎？」

「你看見那兩座山了沒有？」汪若山用馬鞭指指前方最高的兩座山，它們挨著，幾乎一樣高大，中間是一道峽谷。

「看見了，像兩個乳房。」

「只考慮往最高峰去爬，殊不知，腳下就是山谷。山有多高，谷就有多深。」

「我們的工作，想低調也低調不了。那是整個人類的希望。」

「不要把自己想得多麼偉大。研究量子力學，研究反物質發動機，這沒什麼大不了的。」

「那可是關鍵部件。」

「當然，沒有它，飛船飛不了那麼快，也飛不出太陽系。」

「一九七七年發射的『旅行者一號』在二〇一二年就已經飛出太陽系了。」高帥更正道，「在二〇二五年，它與地球中斷聯繫的時候，已經飛出距離太陽兩百多億千尺的距離了。」

「古柏帶外層還有歐特雲，那是長週期彗星的故鄉，那裡還有大量太陽系形成初期的天體碎片，這些天體可都屬於太陽系的範疇。太陽系很大。」

「能有多大？」

汪若山伸出一根手指頭。

「一百億千尺？」高帥試探地說。

「一光年。」

「那可是將近十兆千尺！」高帥驚訝地說。

「『旅行者一號』每秒飛十七千尺，超過了第三宇宙速度，但要飛出一光年，你可以簡單算一下，恐怕還需要一點七六萬年。這速度要想去其他類地行星，是不可能的。」

如此這般，他們有時聊天，有時緘默。山路十八彎，他們終於來到了目的地。

天還是那片天，地還是那片地，山還是那座山，但物是人非。

他們在那場槍戰的事發地點周圍轉悠了半天，直至傍晚，終於在兩塊巨石的夾角裡，看見了那個熟悉的身影。

汪若山開啟手電筒，照射著他。

那是李克的全套裝裝，這身衣服汪若山認得。衣服裡面包裹著的，是李克的屍體，一具高度腐爛的屍體。鼻子已經完全掉了，眼窩深陷，牙齒慘白，雙頰枯瘦，已經接近風乾。

高帥第一次見死人，況且是腐爛了的死人，在看見的一瞬間，不禁叫了一聲，然後扭頭嘔吐起來。

對汪若山而言，眼前的這具腐屍曾經是一個活生生的人，一個熟悉的人。對李克，他心懷敬意。阿玲即將成為汪若山的妻子，李克相當於是他的準岳父。

汪若山平復了下心情，檢查屍體，看到李克腕上的手錶，鏡面開裂，指標靜止，顯示的時間是十一點十一分。他無法推算是上午的十一點十一分還是午夜的十一點十一分。李克身邊沒有包袱，身上有兩處槍傷，但都不在要害部位，因此很有可能是失血過多而死。傷痛和飢渴，以及夜晚的寒風，最終奪去了這位鐵骨老男人的性命。

如果是正午死去，迎著太陽，倒也尚好，但如果是午夜死去，那該是怎樣的一種恐怖和絕望。

「好人為何沒有好報？」想到李克生命終結的那一幕，一股心酸和憤怒湧上汪若山的心頭。

阿玲選擇了自主的愛情，卻要付出這樣的代價。

汪若山驀然覺得，在高原時代，那些倡導人類應該回歸自然的人可能錯了。回歸的不是自然，而是矇昧和野蠻。

他摘下李克腕上的手錶，作為遺物珍藏。他帶著沉痛的心情，和高帥一起埋葬了李克。汪若山找來一塊近似長方形的石頭，用匕首在上面刻下了淺淺的字跡：李克之墓。他代表阿玲，對著墳塚鞠躬，心中默唸：岳父大人請安息，惡人終將有惡報。

忽然，一道閃電劃過長空。

3

校園裡，阿玲買完香皂返回的時候，大樓還是沒有來電。

她只好繼續摸黑上樓。

爬到四樓時，突然間眼前白光一閃，隨後變回黑暗，片刻後雷聲滾滾而來。

閃電的時候，她似乎藉著電光看到樓梯高處有一個人影，大約在七樓，他正在俯身向下看，像一尊早已安置在那個位置的塑像，在閃電的照耀下，巋然不動。然而黑影戴著口罩，無法辨識相貌，儘管如此，僅憑那雙露在口罩外面的眼睛，就讓她不寒而慄。

一念之間，她在想，什麼叫安全感呢？不是因為有一個安全的地方，而是因為有一個讓她感到安全的人。能讓她感到安全的人是汪若山，然而此刻他不在。

校園是安全的嗎？這所校園，似乎是完全開放的，什麼人都能進出，也不會有人盤問。

「要是尼薩的人來抓我，這會兒不是就能逮個正著？」阿玲想道。

她想下樓，逃離這棟大樓。

但是外面已經下起了滂沱大雨。山區雨水少，阿玲從未見過這麼大的雨，似乎比浴室裡的花灑出水量還要大。漫天雨滴砸在萬物上，發出密集的聲響，連成一片。

顯然，出去會淋成落湯雞。

還是快回家吧。回到家裡，將門一鎖，一切恐怖都將煙消雲散。

她只好加快步伐繼續爬樓梯。因為內心緊張，她連累都忘了，儘管已經冒出一層汗，她卻渾然不知，越爬越快。

她終於開門進屋，立刻轉身將門鎖好，脫去外套，掛在門口衣架上，換好拖鞋，又取出三根蠟燭，分別點燃，放在了寫字檯上、書櫃上和浴室裡，屋裡有了較為均勻的光亮。

浴室裡的那根蠟燭，放在浴缸旁的肥皂架上。

此時浴缸裡的水已經滿了，多餘的水正在往外溢位，阿玲連忙關掉水龍頭。用手試水，水溫有點燙，她又稍等片刻，等水降溫，水溫卻遲遲降不下來，又兌了些涼水，待水溫合適，她脫去衣服坐在浴缸邊緣，先把小腿伸進水中，然後輕輕地滑坐進浴缸，最後，完全躺下來，白色的浴巾被她疊成一個小方塊，墊在腦後。

熱水包圍著她，熱量從肌膚抵達內心。

終於，她安靜下來，感到舒心。

「不知道父親的下落如何，說不定，汪若山已經見到了父親，他們正在熱切地交談。」

「等汪若山回來，還是盡快結婚吧。」

「真希望能有一個自己的寶寶。」

這些念想糾結在一起，在她的腦海裡碰撞著。念頭一個比一個更加接近光明。特別是想到生孩子這件事，她不禁紅了臉。熱水蒸熱了她的臉，心中的暖意也湧上了臉頰。

浴缸邊的方桌上放著一瓶指甲油，這是汪若山送給她的。阿玲當然是從未塗抹過指甲油，但都市的年輕女性似乎人人都會在指甲上塗抹這些鮮豔的色彩。她擰開瓶蓋，一股香氣襲來，瓶蓋連著小刷子，刷子上黏著猩紅色黏稠的液體。

她先塗抹了左手的五根手指，又塗抹了右手的五根手指，然後張開雙手，端詳著首次塗抹的指甲。不知為何，那鮮豔的紅色，讓她浮想聯翩。她的思緒又拐到了另一條路上，她想起了剛剛看過的那部電影，故事裡的女主角獨自走在一條昏暗的窄巷裡，不時回頭張望，她正在躲避著殺死她父親的凶手。腳步聲響起，她不知道凶手是否看見了她，她正躲在陰影裡，陰森的畫面配上令人毛骨悚然的配樂，幾近窒息。遠處巷口有車路過，她的臉被一盞車燈照亮了，只是照亮了她的唇部和下巴，整個眼睛都在陰影裡，但是眼睛卻出現了微弱的反光，那小小的反光，使觀眾看到了她正處於崩潰的邊緣。這時，一柄尖刀，非常緩慢地，從她的脖子那裡伸了出來，車燈的光線打在了刀面上，形成了一個閃動的光斑，緊接著，她原本發青的嘴唇，驀然間被噴湧而出的鮮血染紅了。

回想到這裡，阿玲打了一個寒戰，她感到恐懼。

恰在此時，她聽到了房間裡有異樣的響動，似乎桌椅被人推動了一下，儘管聲音很小，但是嚇得她一隻手捂住了自己的嘴巴，她用牙齒咬著自己的指甲，心臟躍到了嗓子眼。

她的另一隻手，在發生響動的瞬間，驟然間縮入水中，撐住浴缸，這是使自己的頭部不至於滑入水中的下意識動作，但由於動作過於劇烈，激起的水花熄滅了放在肥皂架上的蠟燭。

由於浴室是關著門的，因而變得一片黑暗。

浴室外沒了動靜，但阿玲依然瑟瑟發抖，她摸索著浴缸靠牆那一端的邊沿，摸出火柴，劃了四根，才著了火，伸手點燃了那根熄滅的蠟燭。

在浴室亮起來的一瞬間，她看見了對面牆上鏡子裡的自己。

她發出驚聲尖叫。

她發現自己嘴巴的周圍，有一大片猩紅色的痕跡。

儘管那只是未乾的指甲油，但她驀然覺得，自己就是那部電影裡的女主角，而那部電影只不過是一個預言。

第八章　命案背後

1

洞裡漆黑一片，唯一的光源來自洞外劃過夜空的閃電。

還好，他們在這場暴雨前，已經埋葬了李克。

由於汪若山野外生存經驗豐富，他們攜帶了不少野外生存用品，火源是不可少的，他們很快架起了小小的篝火。山區溫差達到二十度，雨夜更是很冷。圍著篝火，感受到能量和安心。

有了篝火，他們才驀然看到，這是一個相當大的洞穴，稍往裡走，洞頂便一下子變得很高，甚至像一座教堂那麼高，寬度也大幅增加，講起話來，迴音陣陣。再往深處看，又突然收窄，變作寬高各兩公尺的小洞，黑漆漆的，不知道裡面有多深。當然，這都是他們後來的發現。此刻他們還是在離洞口很近的地方，守著那堆篝火。

火光被他們的身軀遮擋，在洞壁上投下濃濃的影子。

汪若山回首望著兩個影子，引出一番思考來。

「這個山洞和這影子，啟發了我。」汪若山說。

「這能有什麼啟發？」高帥烤著手說。

「假如在這個黑暗的山洞裡，我們倆一出生就被綁在原地，頭部被固定著，背對著洞口，無法動彈。」

「打算講鬼故事嗎？」高帥不禁將兩隻手縮了回來，握在了一起。

「不，我不信鬼，這比鬼故事可怕。」汪若山認真地說。

「要是太可怕了就別講了。」

「你聽完。假設我們的身後有一堆篝火，洞外有人或者動物經過，他們會在洞壁上投下影子，我們就能看到這些影子。」

「是能看到。」

「因為我們被綁起來了，從小到大都被綁著，連腦袋都不能動彈，所以只能看見這些影子。那麼，我們就會以為，事物的真實樣子就是這些影子。」

「有可能。」

「不是有可能，是肯定會這樣，因為我們通常相信眼見為實。」

「這可真不幸。」

「直到有一天，我掙脫了束縛，走出了洞口，終於看見外面的世界。我看見一棵樹，我會懷疑眼前的樹是不是真的，因為此前我一直看到的是樹的影子。於是我把手伸向那棵樹，我感到自己真實地觸控到了它。這一刻，我會很驚訝。」

「我還綁著呢。」

「對，你還綁著。」

「您會跑來告訴我真相。」

「你會相信我嗎？」

「讓我想想看，我從小到大都看到的是影子，那僅憑你告訴我這一點，我可能是不信的。我還需要親自看一看。」

「所以我會給你解綁，拉你到洞口去看。」

「然後我就信了？」

「我們可能繼續發生分歧。一個人認為洞外的樹是真的，一個人認為洞裡的影子是真的。最終有可能一個人選擇接受一貫以來的『真實』，另一人選擇去探索另一個『真實』。」

「這個思想實驗引人深思，但它的現實意義在哪裡呢？」

「G城就給我這樣的感受。我不知道它是哪棵樹。」

「何出此論？」

「有人莫名失蹤，譬如和阿玲同層病房的趙健。有人突然抱恙，卻又很快好像沒發生過什麼似的煥然一新，譬如你親眼所見的方校長。我覺得哪裡不對。」

「嗯。」高帥點點頭，欲言又止，但他還是開口了，「我一直沒有和您提起另一件事。」

「什麼事？」

「我前妻的事。」

「你們感情不和離婚，而且不公開，真難為你那麼晚告訴我。」

「其實是非正常分手。確切地講，我們當時沒有辦理離婚手續，她離開我了，離家出走，留下一封信。」

「失蹤了？」

「我到現在也不知道她在哪裡。」

「還有這事兒！你不早說。」

「這事兒我總覺得太丟人了。」

「信上說了什麼？」

「信很簡單，只寫了兩句話：我走了，因為婚姻讓我絕望。別找我，我自己會好好生活。」

「你報警了嗎？」

「報了，警察也沒找到她。而且，不瞞你說，警察還一度懷疑是我謀殺了她。」

「她的確是死了嗎？」

「我不知道，你說一個人失蹤了，再也找不到了，算是死還是活呢？」

「法律好像有一條，失蹤兩年後，可以判離婚。你這個時間不足兩年。你們夫妻關係不和諧，你曾想離婚，但她不同意，警方才認為你有作案動機。」

「你說我是應該高興呢還是不高興？」

「這就牽涉到人性了。」

「我其實是有點高興的。我對我的高興感到沮喪。」

「你很坦誠。」

「我現在知道，人無完人。她是個大美女，這方面我當然是喜歡，但她的性格很糟糕，敏感多疑，有時候還歇斯底里，時間長了我真是接受不了。您此前常說我在科學研究上漫不經心，一部分原因是我實在是過得不愉快，我可能正在應付我和她之間的熱戰或者冷戰。後院不安寧，幹什麼事都打不起精神。俗語說得對：家和萬事興。」

「你說她性格有問題。但性格的形成，有先天的因素，也有後天的因素。」

「對，她也是不幸的。她也算是山區人。」

「她是山區的？」

「她的父母來自山區，她本人在G城長大。山區和G城之間有一條鴻溝，不但有科技的差別，還有歧視。有時候，橫在人們心頭的歧視難以磨滅，可能需要幾輩人的努力才能有所緩解。」

「但這不足以塑造一個人的性格。除了這個背景，她還經歷了什麼？」

「一樁凶殺案。」

汪若山聞言，不禁愕然。

2

高帥的妻子名叫王豔，家境不能說貧寒，但也算是窘迫了。她的父母來自山區，在G城打工。在G城，有不少山區來打工的人。這些人在夾縫中生存。於山區而言，他們是叛徒；於G城而言，他們是下等人。

大災難後倖存下來的人類分化成山區和G城兩個部分，起初他們互相不認同彼此的理念，各自倨傲。幾代人過後，依賴科技發展的G城勝過山區。G城越來越有大災難之前的樣子，恢復了不少科技力量；而山區看起來越來越落後，科技退化到了第二次世界大戰時的水平，生活品質大打折扣。可以說科技的退步是山區人自己選擇的結果，因為他們本來就反感人類的科技，認為科技會把人類引向災難，但是貧窮和戰亂，那是誰也不能長期忍受的。

來到G城的山區人，幹著最苦最累的工作，這些工作都是G城本地人不屑做的。山區人為G城的建設付出良多，卻往往還受到歧視，他們被視為城市的不安全因子。這也不是沒有根據，G城發生的罪案，涉案者以山區人居多，這也是事實。乞丐也幾乎百分之九十九都是山區人。這些身在G城的山區人，早已忘記他們祖輩的選擇——回歸田園。田園沒有了，有的只是辛苦和屈辱。G城有過好幾次針對山區人的驅逐活動，有的人回到了山區，但是他們已然被G城的生活方式洗腦了，他們無法繼續困窘地生活在山區的窮鄉僻壤裡，想盡辦法，又回到了G城。

人生總有些坎兒。過得去，海闊天空；過不去，萬丈深淵。

王豔的父親是G城建築工地的工人，乾的是苦力。母親在一家公司裡做保潔，週末也在G城一所大學的教授家裡做家政。而這個教授就是高帥的父親。

王豔在G城出生。十六歲時，她父親遭遇了一場工地事故，一根兩公尺多長的鋼筋從天而降，垂直戳入他的頭部，力量之大，使安全帽如同蛋殼般一捅就破。他當場死亡，這種慘死的方式給王豔留下了心理陰影。此後，只剩母女二人相依為命。原本就生活不富裕的家庭，變得更加雪上加霜了。

窮人家生出個美女，不見得是什麼好事。

女大十八變，到二十歲時，王豔出落得五官標緻，亭亭玉立。出眾的美貌，在住地附近被傳開了。她一旦出現在一個地方，那個地方的男人就會情不自禁地望著她，垂涎三尺，舉止變得呆滯，連身旁的老婆都不顧。

大家了解了王豔的出身，她來自山區，僅這一條，便對她不大尊重起來。她經常受到騷擾，這使她變得愈加敏感。

其中也有真心的追求者，但她小心翼翼，沒有輕率做出選擇。

最終他找了個什麼樣的人呢？

一個富二代。

富二代的父親是連鎖餐飲品牌的老闆，是G城北區的富翁。他有兩個兒子，老大相貌堂堂，老二卻奇醜無比。我們要說的正是這個小兒子，名叫曹生。他的五官好像在爭搶臉部中央的位置，讓人不免聯想到他的智力可能不高。人們既不願意多看他一眼，又不免同情他，這樣好的家庭出身，卻沒有一副帥氣的軀殼。他的臉上也寫滿兩個字：無辜。

關於曹生的傳言有很多。例如從小失去母親的疼愛，遭到父親的毒打；有人說，他曾患有唐氏症候群；更有甚者，說他根本就不是餐飲老闆的親生兒子。

總而言之，內外因素堆積起來，使得這個心理和外表有雙重疾病的可憐人沒有朋友，大家雖然不都是憎惡他，但都不約而同地疏遠他。

命運也有平衡，曹生有個非常疼愛他的姑媽。這姑媽的老公是個有錢的珠寶商，老公過世，成了寡婦的她繼承了丈夫的大部分遺產，她也沒有孩子。她有某種宗教信仰，這信仰使她同情受難者和可憐人。她同情曹生。曹生在她面前十分乖巧，姑媽待他幾乎等同於兒子。姑媽姓何。在一次聚會上，何女士公開說想把自己遺產的一半留給曹生，而且還宣告要幫他找一個漂亮媳婦。

因業務需要，她應徵到一個非常漂亮的珠寶模特兒兒，這個模特兒兒正是王豔。王豔的美貌，被何女士看在眼裡，便有意撮合她和曹生。

令所有人驚訝的是，她撮合成功了。

人們對這件事的評價不高。顯然，就外貌而言，曹生完全配不上王豔。王豔家境貧窮，而曹生即將繼承姑媽的部分遺產。這怎麼看都顯得很不單純，似乎各懷鬼胎。大家因而不看好這一對兒。

接觸了一個月，他們訂婚了。

訂婚後的曹生像是換了個人，聚集在一起的五官似乎也舒朗了不少，整個人看起來有精神了，以前的乖僻沉默不見了，取而代之的是對人笑臉相迎，有時候甚至顯得溫文爾雅又彬彬有禮。他對未婚妻百依百順，他太愛她了，他覺得自己中了大獎。

婚禮的日子定好了，何女士打算在他們舉行婚禮的當天，在財產贈予契約上簽字。曹生即將擁有大筆財產，但他本人的興奮點倒並不來自這些財產，而是來自王豔即將嫁給他。

婚禮前，有一場隆重的珠寶展，一套最為名貴的珠寶由王豔佩戴展出。展臺下人們竊竊議論，大家都說可別小看這個山區來的姑娘，這些珠寶馬上就要屬於她了，言語間儘是羨慕和妒忌。

第二天，讓人大為驚訝的一件事發生了。

何女士死在了自己的房裡。那些珍貴的寶石也被偷走了。

報紙在角落裡刊登了這則訊息。讀者非常震驚，因為前一天何女士還登臺講話，精神矍鑠，怎麼隔天就遭遇殺身之禍。人生實在是太無常了。

更讓大家吃驚的是，沒過多久報紙上就刊登了殺害何女士的元凶。竟然是王豔。

她可是看起來很文弱的姑娘啊，怎麼會幹出如此凶殘的事情。警方的結論是她先謀殺再搶劫，審判速度之快，也令人瞠目。

在開庭之初，她申辯自己無罪，援助律師為她辯護，律師盡職盡責，用他的話說「王豔堅定的眼神讓我相信她是無辜的」。

但是情勢對王豔很不利，因為一家當鋪的老闆作為證人出席，說王豔曾將那些名貴的首飾拿到過他的當鋪，想當掉它們。於是這個案子就這樣一錘定音了。

王豔被判處死刑，緩期執行。

人們大約議論了一週的時間。一週過後，大家也就被其他新聞攫取了注意力。畢竟，既然證據確鑿，也就不是冤案，罪有應得，不稀奇。更何況，被告是山區來的人，既然是山區人，骨子裡就有作惡的基因。

但是那個援助律師不甘心。

這個律師，我們不得不提一下他的出身，他是山區人來G城的第三代人。這種第三代人，在身分認同上，傾向於自己是G城本地人，但因為自己祖上的血緣，又天然地比較同情山區人。

律師甚至找了法官，他想繼續調查這件事。他本是個頗有資歷且心高氣傲的律師，卻低三下四地求這個法官，搞得法官有點尷尬。

「很抱歉，打擾了您的午休。」律師說。

「您應該清楚，這案子已經定案了。」法官瞇著眼睛說。

「您沒察覺出其中的蹊蹺嗎？」律師問。

「我不明白，你為什麼這麼上心這件事呢？」

「這個姑娘是山區來的，沒什麼背景。縱然家境不好，但一貫是個本分人。」

「既然是山區來的，而且很窮，你應該知道窮能生惡。」法官打了個哈欠道。

「不該歧視山區，更不該歧視窮人。」

「那麼就事論事。按照常理說，王豔在這個案子裡，只有她有確鑿的作案時間和作案動機。」

「但是，一個年輕女子在二十分鐘內能做完整個事情嗎？在所有人都熟睡之後，她獨自一人去何女士的臥房將其殺害，然後開啟沉重的保險箱，再跑到十公里外的當鋪，即便是個男人，一個經驗豐富、手腳敏捷的盜竊團夥，恐怕也難以完成。」

「話雖如此……」

「另外，何女士是被她經常佩戴在脖子上的那條白色絲巾給勒死的，脖子上有一條烏青的勒痕，勒痕深深陷了下去，凶手無疑是在她嚥氣後還在使勁勒，才會留下這樣深的痕跡，這樣的作案手法真是既笨拙又殘忍，一個年輕女子為了偷珠寶，怎麼會下如此狠手呢？凶手一定另有其人！雖然現在還沒有找出足夠的證據來論證我的推斷，但我還是冒昧請求給我一個機會，找出真正的凶手。這是我身為律師的本分。身為法官，在您心裡也一定不允許無辜者代犯罪者受過的情況發生，更何況真正的罪犯還有可能再次犯罪，造成更多的傷害。」

「好吧！」與其說法官是被律師打動了，倒不如說他實在是睏意難耐，想早點把律師打發走，「我就再給你三天的時間，進一步調查，再審一次，你可真會給我添麻煩！」

3

既然王豔可以為了曹生未來的財產而選擇嫁給這個她自己並不喜歡的醜八怪，那麼她同樣有可能為了幾件名貴的珠寶首飾而殺人，還是那句話：更何況她來自山區。

不管大家如何評論，律師開始行動了。

何女士有個女傭，是個上了年紀的婦女，律師首先找到她。

「您現在住在這裡嗎？」律師問。

「住不了幾天了。我不想久留，這裡怪陰森的。」女傭環視四周道，「喪事辦完，我就要走了。」

「當天活動結束後發生了什麼？」

「活動結束後，王豔來何女士家吃晚飯。這座房子很大，上下三層。何女士疼愛曹生，曹生已經在這裡住了一段時間了。我們四人一起吃了晚餐，大家還喝了點酒，因為有點晚，王豔就留宿了。」

「那個首飾是怎麼處理的？」

「我和王豔都去了何女士的房間，我看著她把首飾一樣一樣摘了下來，放進保險櫃。何女士當時有點疲憊，催促大家去休息。於是我們都回了各自的房間。」

「曹生沒有和王豔同屋睡？」

「沒有，他們一人一間。王豔是個保守的姑娘，曹生也尊重這一點，等結婚了再同房。」

「晚上有沒有什麼動靜？妳覺得有什麼異樣的地方嗎？」

「何女士雖然累，卻失眠了，稍晚她把曹生叫去屋裡聊天，他們聊了半小時，我聽見他們互道晚安。我覺得當晚他們都很愉快，後來睡得也很安穩，我上了兩次洗手間，都發現整幢房子安安靜靜，對了，我聽到何女士打呼嚕的聲音，是的，她睡覺打呼嚕，那個呼嚕聲很特別，我聽得出來。但是，第二天一早……」女傭說著眼睛紅了，「我去何女士房間的時候，發現她躺在地板上，臉色鐵青，眼睛瞪得大大的，舌頭吐在外面，我嚇得把手裡的早餐都打翻了。」

「妳進去的時候是幾點？」

「八點左右。」

「何女士沒有反鎖門嗎？」

「沒有。她平時都會鎖門的，我是敲門再進去，但那天門是虛掩著的，我敲了一下門，結果門就開了一條縫，她躺在地上。」

律師的問話結束了。

律師見的第二個人是曹生。

整件事，人們都認為除了何女士之外，最大的受害者就是曹生。他不但失去了最愛他的姑媽，還失去了他最愛的王豔。當然，財產贈予的契約沒有簽字，無法生效，這些財產將會按照何女士更早前的遺囑，分給她的幾個直系親屬。曹生分文未得。

律師見到曹生的時候，他面容憔悴，頭髮蓬亂，還有點瘋瘋癲癲的，說話前言不搭後語，是一副深受打擊的模樣。過了好一陣，他才平靜下來，能夠正常對話了。

「你能敘述一下和何女士最後一次見面的經過嗎？」律師直截了當地問。

「那天晚上，姑媽失眠了，我留下來陪她聊天。」曹生抓著自己的頭髮說，「她聽著聽著就高興起來，談到了我和王豔的婚事，還有準備贈予我的財產。她囑咐我說她的那些首飾會傳給王豔，以後再讓王豔傳給我們的女兒或者兒媳。她還說，遺產贈予的手續比想像中麻煩，辦起來很煩瑣，需要時間。」

「你是什麼時候離開她房間的？」

「好像是八點多。」

這些情況，和當初在法庭上獲得的證詞差不多。

「問最後一個問題。」律師說，「你和王豔的婚約這就算是取消了吧？因為她被判處了死刑。」

曹生沒有答話，他的臉扭曲了，飽含著極度的痛苦，抽泣起來，不多時，近乎嚎啕大哭，比律師剛進屋時更加情緒激動。

律師既同情又尷尬，於是他安慰了幾句，便起身告辭。剛走到門口，曹生在他背後說話了。

「王豔沒有殺人！她不會殺人的，不會的……」

律師點點頭，走出房門。

不久，他又來到王豔媽媽的住處，那是西區的一片平房區，一間斑駁的磚房，房內陳設看起來是拼湊的，都是用了多年的舊物。她媽媽看起來是個年近六十歲的中年婦女，但一問年齡，才知道剛剛五十歲，因為多年的身心操勞讓她看起來更為衰老。

「不會的，王豔不會幹這種事情的！」她的眼睛已經哭腫了。

「我也相信她沒有殺人。」律師說。

「真的嗎？」她抬起頭，眼含熱淚。

「是的，但您必須告訴我實情。」

「她連踩死一隻螞蟻都不忍心，她很善良，對我很孝順。那家人很有錢，小夥子人很憨厚，他姑媽喜歡他，要把自己的遺產留給他，還說要把最名貴的寶石留給他的妻子。但是小夥子長得有點難看，我女兒本來對他沒什麼好感，可他老是纏著她。」

「纏著她不放，她就答應了？」

「我的身體一直不好，有重病……這件事都怪我！」她又哭了起來，「治病已經把家裡的積蓄都花完了，王豔孝順我，平時做好幾份兼職補貼家用。我的病情越來越嚴重，沒錢治病，她有一天就告訴我說她已經想好了，她準備嫁給曹生，說這樣就有錢給我治病了。當時我本來想勸阻她的，可我這個病懨懨的樣子，我說服不了她。她雖然是我的女兒，但都是她在拿主意。」

律師注意到，她面色慘白，眼窩深陷，嘴唇乾裂，的確是在強打精神，做每一個動作都特別吃力，剛才講了那麼多話，看起來幾乎要耗盡她餘下的力氣。顯然，她的狀況如果不繼續採取治療，恐怕凶多吉少。

「您得的是什麼病？」

「胰腺癌，已經擴散了，沒有救的，還把我的女兒牽扯進來，這都是我的罪過啊！」

聽完王豔媽媽的陳述，律師飽含同情，但他知道，關鍵資訊一定要掌握，只有救下王豔，這個家庭才不至於毀滅。

「王豔那天什麼時候回家的？」

「八點半左右。」

「她有沒有氣喘吁吁的感覺？」

「沒有，和往常一樣，她來給我蓋了被子，還囑咐我說這病不能拖了，得趕緊做手術。」

「後來你們一直在一起嗎？」

「是的，她陪我聊天到十一點，然後就睡了。」

「你確定她沒有什麼異常嗎？她有沒有提到那個珠寶展？」

「她提到珠寶展了，說大家都誇她漂亮。還說起那些珠寶價值幾十萬，我當時被這個數目嚇了一跳。」

「嗯。」律師點點頭說，「今天先說到這裡。您好好休息，保重身體，我先告辭了。」

離開王豔媽媽的住處，律師又走訪了那個當鋪老闆，他照例詢問了一些細節。

「我向你保證我說的都是實話！」肥胖的當鋪老闆說，「那天早上九點多，店剛開門，我就看見一個二十歲左右的姑娘急匆匆走進我的店裡，長得很漂亮，就是那天在法庭上的姑娘，她遞給我一套首飾，我看了一眼，就嚇了一跳，因為憑我的經驗，知道這些首飾非常名貴。這讓我起了疑心。我當時打量著她，問她為什麼賣掉這些首飾，她說這是她的長輩傳給她的，是屬於她的了，現在急用錢所以先當掉。我想了想還是不能收，一方面我一下子拿不出這麼多錢，另一方面我可不能聽她的一面之詞，誰知道這個打扮樸素的姑娘從哪裡弄來這麼一套昂貴的首飾。」

「她那天的精神狀態怎麼樣？」

「不太自然，說話都有點結巴，從首飾盒裡拿項鍊，因為緊張，項鍊掉在了地上。」

「你怎麼看這個案子？」

「不是定案了嗎？」

律師笑了笑，道謝後離開。

連續三天的走訪，拼圖在他腦海中漸漸成形。

見完當鋪老闆後，他去找法官，告訴他問詢的經過和他的推斷。

肥胖的法官有早睡的習慣，當晚九點多就躺在了床上，不得不說，律師再次打擾了他的睡眠。

「有什麼事情不能明天再說嗎？」法官不快地說，「又是王豔？這兩天的報紙你沒有看嗎？輿論是希望盡快法辦她，大家都覺得只有山區裡的野蠻人才能幹出這種事情。我壓力很大。」

「我已經把謎題解開了。」律師淡定地說。

「你說吧。」法官皺著眉頭道。

「搞錯了。大家此前都用固有的思維模式在思考這個案子。」

「你就直說吧。」法官打了一個哈欠道。

「把盜竊和殺人合而為一，是不對的。」律師意味深長地說。

「不是一個人，難道是兩個人？」法官笑了起來，「你可真會說笑！」

「一個身心都不太正常的人，我是說像曹生這樣的人，他的內心世界會是怎樣的呢？要我說，他的感情很可能比普通人強烈得多。如果這樣一個男人深深地愛上了一個姑娘，他會不顧一切的。想想看，王豔要被當作盜竊犯法辦，他會不會特別擔憂？他的內心可能是崩潰的。他的神經本來就不大正常，經受這樣的刺激，他會不會因為衝動而犯罪？」

「你是說，是他幹的？」法官直起了身子，直到此刻，他才集中了些許注意力。

「我並沒有說曹生有蓄謀殺害何女士的意圖。那天晚上，何女士叫他去她的房間，告訴他首飾找不到了。她懷疑是王豔幹的，她並不了解王豔，所以很可能會把她往壞處想。曹生從何女士處聽到這個狀況，何女士很可能說了不少難聽或是威脅的話，例如：『這個女人太貪心！』，或者『我不同意你們結婚！』，甚至還會說『我這就去報警！』，等等，總之，曹生聽完這些話，天就要塌了，因為王豔是他的全部。他可能不那麼在乎姑媽，也更不在乎那些即將到手的遺產，他真正在乎的就是王豔，他完全迷上她了。當然，我覺得曹生並不是一開始就想殺死何女士，是因為她一再威脅他，他才動了殺心。」

「不是沒有道理，但這還都只是猜想。」法官撓著下巴上的贅肉說。

「還記得何女士脖子上的勒痕吧？下這個狠手，弄出那麼深的勒痕，凶手很可能是處在某種癲狂狀態裡。王豔可沒那麼大的力氣，她也很難瘋狂到那個程度。另外，我自己做過測試，從何女士家到那間當鋪，即便是老司機在不塞車的時候，也很難駕車在二十分鐘內趕到，何況，她還要有殺人的作案時間。這是不可能完成的事。」

法官聽到這裡，神情完全專注起來。

「你的結論是什麼？」

「我的結論是：王豔先盜走了何女士的珠寶，曹生隨後殺死了何女士。」

「她只有盜竊，沒有殺人？」法官喃喃自語，「盜竊貴重物品，也是重罪。」

「最後要補充一點。」律師接著說，「王豔盜竊珠寶是有隱情的，她的母親病危，急需一筆手術費，她當時出於自尊心，沒有向男方家裡開口要錢，她只是想到，反正這些珠寶遲早是她的，所以拿來應急，好像也沒有不妥。總之，這是個悲劇……這是山區和G城之間的鴻溝導致的悲劇。」

說完，兩人都陷入了沉默。

第九章　月球消失

1

還是那個山洞，汪若山依然和高帥圍著篝火，火不如先前旺了。他們在洞口未被雨水打溼的地方撿到些乾草和樹枝，把這些東西丟進火堆，火光再次明亮起來。

「後來的事情誰都沒料到。」高帥點燃一支菸，抽了一口，吐出一團煙霧道，「那個曹生，突然自殺了，就在何女士的家裡。他看到了王豔留下的一條絲襪。也許是當天王豔走得急，忘記了穿絲襪。他就用那條絲襪，將自己吊在了吊扇上，吊扇居然沒有掉下來。」

「很意外！」汪若山驚訝地說，「所以王豔不是殺人犯。」

「曹生臨死前，用他那特有的字型，在一張紙片上寫道：『是我殺害了我的姑媽，和王豔無關。』這個事實使王豔的罪行減輕了，她只犯下了盜竊罪，又鑑於她盜竊是為母親籌錢治病，並且要照顧病重的媽媽，她獲得了減刑。」

「她媽媽現在好嗎？」

「自從查出癌症，她就不在我家裡做保潔了。王豔的案子水落石出後，她的身體似乎好轉了。她在我家做保潔這麼多年，我同情她的遭遇，曾去醫院看望過她，給予資助，但也是杯水車薪，她病情復發，最終病故了。我第一次見王豔，是在墓地。」

「你們就是那個時候開始相處的？」

「對，她出獄後三個月，我們結婚了。」

「可真夠快的。」

「王豔對媽媽的感情太深。曹生能幫到她媽媽，她就能答應和曹生訂婚。我出於同情，略微幫助過她媽媽，她也就很感激我，我們就談戀愛了。我不是她喜歡的類型，但她還是能接受。經歷了那些不幸，她急於回歸平靜，想安安生生過日子。我是愛她的，你知道我喜歡美女，她可真是大美女，當明星都沒有問題，如果有一天她主演了一部電影，我很可能會成為她的粉絲。」

「但你們的關係和『愛情』沒什麼關係。」汪若山直白地說。

「沒錯。我喜歡她的外貌，討厭她的性格。她太實用主義了，很功利，這種心態對我造成壓迫，也使我發生扭曲。我對名利的追逐與日俱增。實話實說，參與研究反物質推進器，我壓根兒沒有想到什麼造福人類，或者說探索人類能夠續存的家園。我想的是這件事可能使我揚名，還有那些科學研究經費和獎金……」

「你這個人縱然道德不高尚，做事不可靠，但比較簡單和直白。」

「是不是挺有自知之明？」高帥自嘲道。

「我不喜歡和複雜的人打交道。世界是複雜的，但我們不要把它想得太過複雜，那只會讓人累。人，首先得活著，其次要活得率性一點，你不率性，很多原本應該有的人生體驗就會被遏制。有人說，孩子把複雜的事情想簡單，大人把簡單的事情想複雜。」

「誰更智慧呢？」

「不好講。整體說來，我以為的智慧就是：瞭然人生的幻滅和悲劇性，有應對的方式，同時又不失一顆單純樸實的心。」

「嗯，話說回來，王豔的事我不想了，想也沒用。祝福她，希望她平平安安。我接下來好好珍惜丘貞。」

「王豔究竟去了哪裡，這件事你最終還是要搞清楚。」

高帥沒接茬兒，他的眼神越過火堆的上方，望向了牆壁。

「牆上的影子，能折射出洞外的世界？」高帥轉移了話題。

「你還在思考這個問題呢？」汪若山笑道，「那其實是古希臘哲學家柏拉圖所做的思想實驗。」

「但我看到的不是影子。」高帥指著牆壁，「上面畫的是什麼？」

汪若山順著高帥手指的牆壁望去。

起初汪若山看到的是一個圓環，但很快他發現圓環的核心有一個點，在圓環的外圍，還有好幾層圓環，彷彿年輪一樣，一環套一環。

「這顯然是有人刻意畫上去的。」汪若山道。

「您覺得畫的是什麼？」

汪若山用手指蹭了蹭牆壁上的筆跡，似乎是用燒焦的樹枝畫出來的。

「太陽系。」

「太陽系？」

「瞧，中心那個點，是太陽。」汪若山扶了一下眼鏡道，「第一圈是水星軌道，然後是金星，下一個是地球，也就是我們所在的腳下，然後是火星、木星、土星、天王星、海王星……然後，就沒有然後了，冥王星在很多年前就被認定並不是行星了。雖然它也是直接圍繞太陽運轉，但還有很多和冥王星類似的矮行星都在『古柏帶』繞太陽轉，它們都被稱為類冥天體……不對，這幅圖有問題！」

汪若山的眼睛盯在了牆上那幅圖中地球的位置。

「什麼問題？」高帥不解。

「地球邊上，那是個什麼東西？」汪若山用手指著。

果然，地球的周邊有一圈軌道，軌道畫得很粗，幾乎比地球自身的軌道還明顯。軌道上，有一顆小行星，還特地標明：月球。並且專門寫了備註：地球的衛星，直徑三千四百七十六千尺，距離地球三十六萬——四十萬千尺。

「月球？」高帥搔著後腦勺說。

「你在頭頂上見過它嗎？」汪若山問。

「如果這是顆衛星，我們能把它和漫天的繁星區分開來嗎？」

「笑話，如果這真是地球的衛星，直徑三千四百七十六千尺，距離地球不到四十萬千尺，它會反射太陽光，又大又亮，恐怕夜空裡的其他繁星加在一起也沒它亮。」

「明顯和事實不符啊！沒有月球，從來也沒有！」

「這是誰畫的？他為什麼畫了月球？」

2

名為月球的這顆星球，引起了汪若山巨大的好奇心。

「我們都不是天文學家。」汪若山說，「對天文一知半解。我發現G城有嚴重的學科壁壘，知識很難共享。就好像，我身為量子物理學家，天文學的知識對我而言就像是機密。」

「我也有這個感覺，我曾試圖查詢過生物科技方面的數據，查無所蹤。」高帥說。

「無形的大手在掌控著一切。這幅畫的作者顯然想告訴我們一點我們不知道的資訊。」

「既然其他星球都畫得很準確，所以這個月球不會是空穴來風，而且備註又那樣明確，分明是有意標記給人看的。」

「要知道這顆所謂的月球，比我剛才提到的那顆被排除在行星之外的冥王星都大得多。地球有沒有這顆衛星，恐怕區別太大了。它會對地球造成很大的影響。我簡單想了一下，如果有月球，地球的自轉傾角會有所不同；潮汐運動會比現在劇烈得多，濱海地區會有很大的不同；氣候也會很不一樣。」

「黑夜也不會像現在這樣黑。」

「對。我們往裡走走吧，看看還能發現點什麼。」

二人舉著火把往裡走，見到了那個如教堂般大的空間。

剛剛踏入這一片空間，突然傳來吱吱兩聲叫，高帥感到自己的小腿被什麼東西蹭了一下，他嚇了一跳，朝地上一看，是兩隻肥碩的老鼠撞在了他腿上，而此刻，牠們倒在地上抽搐著四肢。

「蠢物啊！撞我腿上，而且是兩隻一起撞，不會是一公一母跑我這裡來殉情吧？」高帥笑道。

「晚上可以加餐了。」慣於野外生存的汪若山也調侃道，但他又盯著老鼠皺起眉頭說，「不對，這兩隻老鼠是非正常死亡，牠們的嘴角在流血，不是撞死的。」

「也是，哪兒來那麼大勁兒。」高帥伸手要捏老鼠的尾巴。

「別碰牠！」汪若山制止道，「萬一有傳染病。」

高帥縮回了手。二人沒再理會兩隻死老鼠，因為很快他們就被這片空地中央一堆燃盡的篝火吸引了注意力。一些已經炭化的木棒散在餘灰裡，這很可能是畫者所為，他點燃篝火，並用燒焦的樹枝在牆上畫了太陽系圖。

他們仔細搜尋了一番，除了這個篝火堆，沒發現其他物品。

在這片空曠的空間裡，朝北的壁上，有個僅容一人透過的洞口，不知裡面有多深。

汪若山走向洞口。

「還要往裡走嗎？」高帥猶疑道，「我看差不多就算了。」

「反正外面在下雨，我們出不去，為什麼不看看呢？」

「雨已經停了吧，我聽不到雨聲。」

「你在洞口放風，我進去看看。」

「好吧。」

於是，高帥向洞外走，汪若山往洞裡更深處走。

高帥走到洞口，發現外面的雨已經停了，天空放晴，能看見漫天的繁星，當然，月亮是沒有的。

「要是地球真有個月球當衛星就好了，夜晚就不會這麼漆黑。」高帥想到，「會不會月球真的存在過？後來因為某種原因，例如小行星的撞擊，或者其他什麼原因，導致它消失了？牆上的太陽系，會不會是史前文明時期的太陽系。後來，因為月球的消失，導致地球出現了災難。」

高帥正在浮想聯翩，驀然聽到了馬蹄聲和汽車發動機的聲音，但只聞其聲不見其身，這都源於夜晚的山區實在太黑了。

聲音由遠及近，他不由得向前多走了幾步，來到洞口前的反向小土坡，這個土坡恰好遮住了洞口的視線。

站在土坡上，高帥被眼前的景象驚呆了，那不是一匹馬或者一輛車，而是幾千匹馬和車，馬上的騎手舉著火把，汽車開著車燈，有越野車，有卡車，還有些特種車輛，拉著大砲和導彈。

卡車上坐滿了人。整個隊伍綿延不絕，一眼望不到盡頭。

「這是一支軍隊。」高帥不難判斷。

隊伍開過來了，在山洞前大約兩百公尺的那條大路上行進著，這可真是一支雜牌軍，服裝不統一，都是山區常見的平民的服裝，只是他們額前都繫著一條紅色的布條，表明他們歸屬一派。另外，騎兵和導彈居然出現在同一支軍隊裡，也是很怪異。

他們正在急行軍，高帥望著他們前行的方向，心裡咯噔一下，顯然，他們推進的方向是G城！

「高帥！」突然有人喊他。

高帥一愣，他以為行進中的隊伍裡有人發現了他的存在，他嚇得連忙縮回了頭，將身子隱匿在土坡後面。

「高帥，快來！」

聽清了，是汪若山的聲音。

汪若山那麼淡定的一個人，這一聲呼喊，嗓子都喊劈了。

這麼大的喊聲，如果那支隊伍原地不動保持安靜，那麼他們肯定聽到了，但他們正在行進，聲音嘈雜，干擾了汪若山的喊聲。隊伍裡沒人聽到。

高帥轉身朝山洞裡跑去，倒不是他對汪若山的招呼有什麼好奇心，他實在是想去制止汪若山繼續呼喊他的名字，擔心暴露自己。

他在洞裡看見汪若山的背影，他正舉著火把，背對自己站立著，正在低頭研究著什麼。

高帥繞到汪若山的正面，見他手裡托著一個筆記本，裡面夾著一張照片。

「這是誰留下的？」高帥問。

「趙健。」汪若山若有所思地說。

「是他？你怎麼知道？」

「筆記本上寫著呢。」

高帥看到筆記本扉頁上清晰地印著趙健的簽名。

「筆記本裡面寫了什麼內容？」

「一個字都沒寫，有很多頁被撕掉了，我看了一下，和那堆灰燼裡殘留的紙張一樣，這個筆記本被用來引火了。」

「照片裡是趙健本人嗎？」高帥拿起那張照片來看，裡面是一個身材微胖的中年男人，穿著軍綠色的T恤和工裝褲，臉上留著沒打理的絡腮鬍，和他的頭髮一樣亂蓬蓬的，彷彿一個野人，是他的那副黑框眼鏡讓他有了一點文明的影子。

「應該是他。」

「這個趙健就是那個趙健？」

「阿玲跟我形容過他，說他是個大鬍子，在醫院裡失蹤，雙腿截肢。」

「那一定是離開這裡之後發生的事情。」

「這還用問，沒腿怎麼去醫院呢？」

「他沒同伴？」

「山洞裡只有他的痕跡和物品，猜想是獨自一人，正在逃難，但最終沒躲過殺身之禍。外面什麼聲音？」

「我看見了一支軍隊。」

「軍隊？」

「一支雜牌軍，武器和服裝混亂，來自山區，正往G城的方向開進。」

「我們離謎底可能越來越近了。」汪若山合上筆記本道，「走，出去看看。」

3

雨後泥濘，部隊在洞口往東不遠處安營紮寨了。

汪若山和高帥摸索過去，躲在一塊大石頭後面，見隊伍裡有人架起爐火，正在做飯。

放眼望去，才大體看清這支部隊的規模，其實沒有想像中的人多。起初行軍的時候，拉成一條很長的線，從側面看顯得人多，這會兒他們分別聚整合了十來個分隊，每一分隊幾百人，整體兵力不到一萬。但對於當今世界來說，幾千人的軍隊，已經算是大軍了。山區部落之間的戰鬥，兩方投入的兵力加起來也很少超過兩千人。

汪若山從未見過山區裡有這麼多人聚集在一起。如果這是一支部隊，必然歸屬於尼魯，他是山區統一後的領袖，只有尼魯才能調動這麼多計程車兵。

那麼軍隊開赴G城幹什麼呢？

「有必要去探一探。」汪若山說。

「太危險！還是抓緊趕路吧，先回G城。」

「你不覺得不正常嗎？」

「會不會是山區內部發生戰爭了，調兵遣將。」

「尼魯早已一統山區，實力強大，還有哪個部落敢和他作對，值得調動這麼多人馬？」

「倒也是。」

「去看看吧。」

於是二人潛行過去，湊近觀察一番。

這是一支拼湊的軍隊，士兵來自不同的部落，但都聽命於一人指揮，這個人不是別人，肯定是尼魯，但尼魯不在隊伍裡，汪若山卻一眼認出了尼薩。他正在訓斥一個小部落的頭目，揚起馬鞭，抽在了那人的身上，對方唯唯諾諾，幾乎要跪在地上了。

尼薩的嘴臉讓汪若山的腦海裡恍然間閃出許多畫面，這個可惡之人，差點葬送了阿玲和自己的幸福，並且，他是殺害李克的幕後凶手，李克曝屍荒野，不久前才得以長眠於地下。

理性與感性是一對冤家。從感性的角度出發，有那麼一個瞬間，汪若山真想奪過士兵的槍，給尼薩的腦袋上開一個窟窿；但從理性的角度出發，他縱然把槍奪過來了，也未必就能打中他的腦袋，打中了別的部位，可不見得就能擊斃他，但汪若山自己這條命肯定是就此葬送了。

此時，尼薩恰好望向汪若山的方向，後者迅速躲開了尼薩的視線。

部隊行進的路線，靠近水源。山區和G城之間，有一條不大不小的河流，此刻，正有幾個人在河中游泳，尼薩訓斥的正是那個小部落頭目，因為他放任他手下的幾百人去河裡洗澡戲水。

這恰好給了汪若山和高帥一個機會，他們摸到岸邊雜草叢中，偷走了兩身衣服。河裡的士兵正在往岸邊游，夜色裡，藉著岸邊的篝火光源，能看到幾百張淺色的面孔在水上漂著，他們被喊了回來，當然，有兩個人找不到衣服穿了。

既然這支部隊是由小部落拼湊而成的，他們彼此之間應該不會很熟，這就方便了汪若山和高帥混進去。

汪若山和高帥換好衣服，在頭上繫上紅色布條，他們在隊伍裡只聽不說，沒人發現他們的異樣。

士兵們的對話大多沒什麼有價值的資訊，但他們耐心傾聽，終於聽到一番對話，著實讓二人震驚。

「頭兒和我說，讓咱倆蒐集死老鼠，充作軍糧。」兵甲說。

「老鼠肉可不好吃，我才不吃老鼠！」兵乙說。

「現在是平時嗎？這是戰爭時期，這麼多張嘴，糧草不夠！尼薩將軍說得對，這是老天爺在幫助我們，給我們送肉來啦！哈哈哈……」兵甲笑了起來。

「這老鼠怎麼就自己死了，那麼多隻，成群結隊地死。這可不是什麼好兆頭。」兵乙說。

「嘿！好事都讓你給往壞處想。」兵甲不快地說道，「你是不是還覺得，我們攻打G城，要吃敗仗？」

「我可沒這麼說！」兵乙連忙解釋道，「亂軍心者要挨槍子兒的！尼薩將軍有信心，我可不能沒信心。不過，我們長這麼大，都沒去過城裡。知己知彼，才能百戰百勝嘛！你都不知道城裡人多高多胖，有沒有力氣，你不能說你一定就會贏吧？」

「膽小鬼！」兵甲用兩根手指捏著一隻死老鼠的尾巴，將牠拎起，盪來盪去，那老鼠的樣子，和汪若山剛才在山洞裡見過的一模一樣，嘴角帶血。他把死老鼠甩在了兵乙的臉上，哈哈大笑起來。

「快去撿死老鼠！」背後的軍官訓斥他們道。

兵甲和兵乙乖乖沿著河岸去找老鼠。其實不用費心思找，遍地都是。

高帥聞言瞪著驚恐的眼睛。汪若山皺著眉頭若有所思。他們都知道大事不妙了。

開飯了，老鼠肉漂在沸騰的水面上，令人作嘔。他們不想蹭飯，默默退出了這個群體。

回到山洞，二人背起行囊，策馬奔騰朝G城而去。他們都知道有一件事要急辦：告知G城，戰火即將燒到城內。

4

下馬後，他們駕駛事先準備好的汽車，飛速驅車來到G城警局，報告山區集結軍隊的事，警察有說有笑地送他們出門，並且說一定會將這個重大訊息上報給有關部門。

「你沒看到嗎？」走出警局大門，高帥氣不打一處來，「猜想他們正在盤算要不要把我們直接送進精神病院。」

「這不奇怪。」汪若山心平氣和地說道，「就好比二〇〇一年發生在曼哈頓的劫機撞擊世貿大樓的恐怖事件，在飛機撞樓之前，如果有人打電話給市警局說有人劫持飛機要撞擊世貿大樓，那肯定也被當成瘋子，更不會採取防禦行動。」

「那怎麼辦？乾等著嗎？」

「在等待飛機撞大樓的時間裡，先去保護好自己的家人。」

於是接下來的時間裡，汪若山和高帥分頭去找阿玲和丘貞。

丘貞不用找，她正在宿舍焦急等候著高帥。

然而阿玲卻不見了蹤影。

汪若山趕到屋內時，原本急切地想見到阿玲，卻只看到浴缸裡的一汪水，水面的泡沫已經散去，水體有點渾濁，呈淡淡的灰白色。缸底隱約可見沉著一支口紅，汪若山伸手撈起那支口紅，那是他送給她的。口紅被折斷了。

浴缸邊的蠟燭已經燃盡，加之客廳裡也點了蠟燭，可見此前有過停電，但後來有人修好了電路。

浴缸裡的水還沒涼透，阿玲應該離開不太久。

上哪兒去了呢？說好哪兒都不去，好好在家裡等著的。

汪若山踱步到門口，見阿玲的鞋還在鞋架上。她只有兩雙鞋，一雙軟底的運動鞋和一雙稍微正式些的高跟皮鞋。高跟皮鞋沒怎麼穿過，放在鞋架上；運動鞋歪倒在地上。兩雙鞋都在這裡，那麼她應該沒有走出屋子。除非是光腳走出去。如果是光腳，怕是腳底還沾著水，便會留下腳印。汪若山檢視地面，地板上根本沒有腳印。

在查勘完屋內後，他更著急了，打算出門繼續找她。

他心急火燎地搜遍了樓內的每一個角落，甚而在校園裡轉悠了三圈，一無所獲。

他撥通了高帥的電話。

「喂，高帥嗎？」

「汪老師，您這會兒不和嫂子小別勝新婚，倒給我打電話。」高帥在電話裡調侃道。

「阿玲不見了！」

「不見了？」

「我還在找她。她在這裡沒有熟人，我不知道她能去哪兒。」

「您別急，先報警吧！對了，沒有特殊狀況的成年人失蹤需要失聯二十四小時才報警。您知道她大約是什麼時候失蹤的嗎？」

「她本來應該是在洗澡，浴缸裡的水還沒有涼透，我猜想是在幾小時前，天黑以後不見的。」

丘貞翻著白眼坐在高帥對面，用光著的腳丫子蹭著高帥的胸口。

「還是先報警吧。她總不至於人間蒸發。」高帥不覺戳到了自己的痛處，在電話裡說，「稍等啊，我一會兒打給您。」

結束通話電話，汪若山報了警，果不其然，接警的警察得知他不久前剛報過警，上次是說山區有軍隊開過來了，這次又說自己的未婚妻失蹤了。

「成年人可不要學小孩子的惡作劇！」警察沒好氣地說。

汪若山呆立在原地，一向很有主意的他，一時間不知如何是好。他不知道自己是如何下的樓，如何繼續在校園裡遊蕩，尋找阿玲的身影。他行色匆匆，神情迷離，在學生宿舍樓拐角，與一個人撞了個滿懷。

「哎喲！」一個女生叫了起來。

「是你嗎，阿玲？」夜色太深，他沒看清眼前的人，只覺得身形有幾分相似，便興奮地問道。

「汪老師！」女生叫道。

汪若山扶起被撞倒在地的姑娘，定睛一看，是劉藍。

「您慌慌張張要幹嘛？」劉藍雖被撞倒了，卻很興奮。

「阿玲失蹤了，妳看到她了嗎？」

「沒有。」劉藍一聽阿玲，就像被潑了一盆冷水。

「我在學校裡轉了好幾圈，沒找到她。幫我一起找找她好嗎？如果不是出了意外，她不大可能走遠。」

劉藍本不想幫這個忙，但又想到可以和汪若山在一處，便答應了。

此刻，丘貞正在高帥的宿舍裡盤問高帥。

「這幾天你去哪兒了？」丘貞板著臉問。

「和汪老師出去轉轉。怎麼，和男人出門也要管嗎？」

「你剛才和誰打電話？」丘貞斜眼問高帥，「誰失蹤了？」

「當然是和汪老師打電話，」高帥沒好氣地說道，「他們家阿玲不見了。」

「哦，學校治安挺好呢，她要不是獨自去校門外面，應該不會有事。你和汪老師的課題馬上要收尾了，怎麼還老往外跑。這兩天是去山區了嗎？」

「是，我們去了山區，這一趟可沒白跑。有個重大訊息正要跟妳講！」

「重大訊息？」

「山區有個部落聯盟首領，叫尼魯，你知道的吧？」

「聽說過。他怎麼了？」

「他的軍隊要攻打G城了？」

「什麼？入侵G城？」

「對！」

「你怎麼知道？」

「親眼所見，我們混到軍隊裡，打探到了可靠訊息。軍隊集結在離城一百多千尺的地方，戰爭一觸即發！」

丘貞聽到此處，突然渾身打了一個寒戰，差點沒站穩。

「妳怎麼了?」高帥見她臉色發青,「別害怕,我們得盡快找個安全的地方避難。」

「我……我身體不舒服,先回家一趟。」丘貞說話吞吞吐吐起來,很費力的樣子,「你自己注意……注意安全。回頭聯繫你!」

說完這話,她便轉身開門要走。

「天還沒亮,妳去哪兒?我得陪著妳……」高帥話音未落,丘貞已然跑出門去,待他追出門,只見她進了電梯,電梯門關上了。

「見鬼!」高帥連忙按電梯按鈕,電梯已經下行。

第十章 克隆時代

1

這是汪若山一貫的感受，這種感受，他在童年的時候就有了。

孩子都會有這樣一種情趣：擁有一雙雨鞋，就期待下雨，穿雨鞋踩水。九歲那年，一場暴雨過後，小汪若山穿著新買的雨鞋，在積水的路面蹦跳行走，激起水花，帶給他無限樂趣。然而有一汪積水，看起來稀鬆平常，但一腳踩進去，他就立刻陷了進去，沒了頂。有那麼一瞬間，他以為自己跳進了一個深不見底的池塘。原來，那是一口丟失了井蓋的下水井，水井被雨水灌滿，且和路面的積水連成一片，看上去被抹平了，成了名副其實的陷阱。

在水中窒息的感覺，汪若山記憶猶新。他在水中泡了三分鐘，這三分鐘，在他看來，太過漫長。他感到自己完蛋了。最後一刻，他被兩隻大手攥住了腦袋，像拔蘿蔔一樣從井中被拔了起來，放在了地面上。他感到身體像鉛塊一樣沉重，神志模糊，根本看不清是誰救了他，只覺得虛弱無力，不停地咳嗽，想喘氣，卻被什麼東西堵住了，無法呼吸。心臟跟不上身體的需求，跳得非常緩慢。雖然是夏季，但他渾身發冷。他只能發出「啊」這個音，並且感到肺部響起了水泡音。

一個路人救了他。路人恰好是個醫學院的學生，懂得急救知識，給他做了心肺復甦。從死神那兒回來的時候，汪若山吐出了好幾口汙濁的水。據說，哪怕再晚十秒鐘，可能也就沒救了。當時他的瞳孔已散大。

從此他便怕水了，但由於性格倔強，他想克服對水的恐懼。後來多次嘗試學習游泳，但均告失敗。直到大學畢業那一年，同學們在他生日派對的時候搞惡作劇，趁他不注意，將他推入泳池。為了不使自己太過難堪，他拚命划水，才如願以償學會了游泳。

救汪若山的人叫肖寒，比他大十歲。他們成了好朋友。肖寒畢業後成為一名出色的醫生。汪若山身體有不舒服的地方，常常第一時間諮詢肖寒。

肖寒的故事，暫且不表。只說汪若山在此事過後，理解了「無常」。前一秒，他在雨後的彩虹下面撒歡踩水；後一秒，他遭遇滅頂之災。誰都不知道自己下一秒會遇上什麼災難，能否挺得過去，生死就看命了。

汪若山聯想到他小時候差點被淹死這件事，竟想到阿玲會不會死了。高帥的前妻王豔不就消失了嗎？那種突然的不辭而別，好長時間都沒有音信，和死了有什麼區別？

這麼想的時候，他感到自己再一次被淹沒在了水中。

此刻，劉藍在他的身邊，望著他眼角含著的淚水，心情複雜。一方面自己的競爭對手消失了，她有些許高興；另一方面她見證到一貫內心強大的汪若山為一個女人瘋魔成這個樣子，她心裡有些失落。

天色漸漸亮了起來。

汪若山感謝劉藍陪他找阿玲，但感謝的話說不出口，他整個身心被失去阿玲所帶來的空虛占據了。

此刻，他們站在G城大學東邊的小山坡上，這裡海拔更高，山腰被密林環繞，山頂有許多光禿禿的巨石，站在巨石上向西看，看到了整個校園，半個G城也盡收眼底。

汪若山失神地望著地平線上即將升起的太陽，那兒有大片雲彩，被太陽映出淡淡的色彩，層次分明。作為自然景觀，可謂美景了。但這樣的美景，沒有阿玲與他共賞，也就毫無意義。

「你在我眼裡是個英雄，阿玲是個美人，我知道，英雄難過美人關。」劉藍說。

「我不是什麼英雄。但人生的確是在過關。」汪若山嘆息道。

「我也是美人。美人也難過英雄關。」劉藍喃喃道。

汪若山的思緒飄到遠處去了，沒聽見劉藍的話。

「如果阿玲就此消失，再也找不到了，你會怎樣？」劉藍見他不語，就換了個話題。

「你在咒她死嗎？」汪若山突然發火道。

劉藍被嚇了一跳。她還從未見過她的老師發火。

「對不起。」汪若山覺得自己過分了，「我太難過了。」

「我能理解，如果你有一天突然消失，我也會一樣著急。」

「劉藍，有件事我不知道是不是該和妳討論。」

「因為我是你的學生嗎？所以我們不合適？」

「我要和妳說另一件事。」

「什麼事？」

「妳不覺得，這裡很奇怪嗎？」

「哪裡奇怪？」

「就是腳下的這片土地，G城。」

「奇怪嗎？」

「高帥的前妻王豔失蹤了，我的未婚妻阿玲失蹤了。我是個不徹底的悲觀主義者，我認為有時候苦難就是會發生在自己頭上。可儘管如此，這也太蹊蹺了，好像是針對高帥和我而來的。我們犯了什麼天大的錯誤，要遭受這樣的詛咒和折磨？」

「對你是詛咒，對高帥，我看不像。」

「還有方校長，以前我們還能聊聊天。自從那次墜湖之後，他像換了個人似的，一天到晚只知道催著我去反物質研究中心工作，甚至不關心我的教學。」

「那倒不奇怪，凡事都有主次之分，反物質發動機的研究決定著整個人類的存亡。他當然要催著你幹了。」

「還有一個叫趙健的人。他在山區的山洞裡畫了一幅太陽系圖，在那幅圖裡，地球有顆質量很大的衛星，名字叫月球。」

劉藍聞言，愣了一下，想說什麼，但沒有說。

「我們這個世界有很多疑點。」汪若山繼續說道，「我們像是被矇在鼓裡。但我不知道是誰把我們矇在鼓裡的。」

「我怎麼沒你這種疑惑？」

「月球怎麼解釋？趙健標註得很細緻，給出了數據。」

「要不然就是它存在過，後來消失了；要不然就是你所說的那個趙健，他虛構了一顆地球的衛星。只有一個真相。你希望是哪個？」

「是哪個都行。但問題是，這麼大的一件事，我卻沒有在其他地方看到過痕跡，沒有在G城的歷史數據裡看到過。」

「所以，趙健那幅圖是假的。」

「不，真理很可能在少數人手裡。」

2

清晨，阿正從寓所出來，出電梯的時候，被一隻肥碩的老鼠絆了一下。他此前只在圖片上見過這種動物。G城幾乎沒什麼動物，連蟲子都少見，絕大部分動物都生活在山區。第一次親眼見到老鼠，他嚇了一跳。

阿正不是膽小鬼，他只是害怕這種毛茸茸的動物。他就是那個曾迫使按摩師巫桑成為殺手巫桑的人。他近來工作忙碌，休息不好，眼圈很黑，這使他原本就陰鬱的氣質更加突顯出來。

阿正才四十歲，顯老。他高鼻梁，鼻子很尖，眼睛不大，眼袋很大，四肢細瘦，肚子隆起，假如有人開玩笑說他和老鼠是親戚，聽者一定會心一笑。

那隻老鼠步態錯亂，皮毛溼漉漉的。牠在原地趴伏著，肚子一起一伏，眼神迷離。顯然，牠害怕眼前這個人類，但牠又被某種無法解脫的痛苦給控制住了，牠在尋求步伐的平衡，重新站起來企圖跑掉，但牠只是在原地轉了兩個圈便撞在了牆上，叫喚一聲後仰面倒在地上吐出血來，四肢在空中蹬了幾下，就一動不動了。

阿正盯著死老鼠，拿不準是否應該用手抓起牠的尾巴將其扔進垃圾桶。牠正躺在電梯口的正前，下一個從電梯裡出來的人，搞不好會一腳踩在牠身上。阿正可不想看到一攤被踩扁的老鼠肉出現在自家電梯口，於是他彎著腰伸出一隻手。

「別動！」有人說話了。

阿正一抬頭，看到一個身材細長的男人，臉很小，膚色白淨，金絲眼鏡後面有一雙目光堅定的眼睛。

這人正是肖寒。

阿正看見他，倒覺得有點面熟。

他想起來了，那次撞車受傷，替他檢查的大夫，就是他。

「牠可能是病死的。」肖寒說。

「肖大夫，你怎麼在這裡？」阿正問道。

「我們認識嗎？」肖寒沒認出阿正。

「你給我治過傷，我被汽車撞了，你替我做檢查。」

「抱歉，病人太多。你也住樓上嗎？」

「巧了，我們是鄰居。」

「這老鼠需要處理一下。」肖寒的注意力在老鼠身上。

「你剛才說牠是病死的？」

「牠在吐血，非正常死亡。」肖寒從口袋裡掏出一張紙巾小心地捏起牠的尾巴，把牠裝入隨身攜帶的塑膠袋裡，密封好，「這是我看到的第三隻死老鼠。我擔心牠們身上有不好的細菌或是病毒，會傳染給人。」

「動物傳染給人？」

「不排除這種可能性。」

「人染上會怎樣？」

「恐怕和牠一個樣。」

肖寒與阿正道別，提著密封的老鼠上了樓。

阿正對傳染病沒有概念，聽了肖寒的說法，覺得有點駭人聽聞。如果城裡到處都是死老鼠，且老鼠的病會傳染給人類，那G城豈不是要完蛋了？G城是人類的火種，G城覆滅，人類豈不是要絕種了？

他笑著搖搖頭，沒把此事當作一件大事。隨後，他去了停車場，啟動汽車。

清晨的街道很清靜，沒什麼行人，路燈還沒熄滅。

起霧了，原本即將升起的太陽，也被霧氣遮擋了光輝，只能略微辨別出太陽的方向而已。霧氣越來越濃，能見度越來越低，阿正開啟汽車大燈，幾乎僅以二十千尺的時速前行，儘管如此，他還是按時抵達了目的地。

一間半地下的二十四小時營業的咖啡廳裡，有十來張圓桌，每桌兩把椅子，卻只有一對顧客，儘管只有他倆，但他們說話的聲音還是很小。

這兩位顧客是阿正和丘貞。

「我剛得知一個重要資訊。」丘貞湊近說。

「什麼訊息？」阿正瞇著眼問。

「高帥說，山區的部落首領要帶兵攻打G城。」

「哦……」阿正點點頭，似乎不太驚訝，他一隻手墊在腦後，仰起頭，另一隻手從衣兜裡掏出一包菸，用嘴叼出一支菸，不慌不忙點燃它，使勁嘬了一口，吐出一團煙霧，幾乎噴在了丘貞的臉上。然後他說：「這不奇怪。戰爭很愚蠢，但愚蠢並不妨礙它打下去。人類歷史的車轍，一直沒有變更過，大魚吃小魚。這次誰是大魚，誰是小魚呢？SD已經告知G城市長，應急預案啟動，接下來會有動作。你就當不知道。比起發動戰爭，我更關心另一件事。」

「反物質推進器快要成功了，但他們最近被一些事情絆住了腳。」丘貞說。

「嗯。」阿正點點頭，「他們已經快要沒用了。」

「我的任務也即將完成，但回過頭來看，還是不太理解我這個身分的意義。」

「妳為我做事，我為SD做事。」

「我至今沒見過SD的人，他們神祕兮兮的。」

「我也沒見過，但我知道他們的存在，他們無處不在，又無處可見。」

「到這個地步了，能告訴我更多資訊嗎？」

「妳只需要知道SD正在做拯救人類命運的事情。如何拯救是機密。知道太多，對妳不利。妳的行動間接影響著全人類的命運，妳只需要知道這一點就可以了。」

「有我在或者沒我在，汪若山和高帥都會完成他們的工作。」

「有一件事SD很清楚，我也很清楚，怎麼說呢，這牽扯到社會學，倒也不難理解。家庭是極其重要的社會部門，先成家後立業，家和萬事興，都是老話。縱然每個人都有自己的意志和想法，但伴侶之間潛移默化的影響力無處不在，這股力量很強大，甚至能改造一個人。打個比方，譬如妳的伴侶和妳說起床要疊被子，而當初妳自己獨身的時候，從來不疊被子，因此不疊被子這個習慣是不容易被改變的。但當妳的伴侶每天都在妳耳旁說要疊被子，一看見妳沒疊被子，他就開始嘮叨。妳便有了壓力，不知不覺中，妳只好開始強迫自己去疊被子，因為妳不願聽他嘮叨，久而久之，妳就養成了疊被子的習慣。高帥是汪若山的得力助手，他是個鬼才，在數學方面比汪若山還厲害，沒有他這件事成不了，但他這個人很不穩定。」

「是讓我來穩定他？」

「是的。」

「好吧，但這個主意還是挺繞的。」

「SD要求萬無一失。」阿正身子往後一仰，瞇起了眼睛說，「妳放心，妳這個身分即將終結，實驗不是接近完成了嗎?事成之後，妳會很有錢，應有盡有。」

「還有一件事，我很迷惑。」

「什麼事？」

「高帥在夢裡曾經喊過一個人的名字，好幾次夢中都喊到這個名字。」

「什麼名字？」

「王豔。」

阿正愣了一下，眉頭皺了起來，似乎觸碰到了某種隱情，但他突然又想到了什麼，眉頭旋即鬆開了。

「王豔？聽上去是個姑娘的名字。」阿正說。

「顯然是，她是誰呢？」丘貞疑惑地問道。

「不知道，妳瞧瞧，高帥不安分，這就是我擔心他的地方。而妳正是能讓他安心的人。」阿正笑著說。

3

汪若山感到有點乏力，在床上躺了一天，下床時頭重腳輕，差點跌倒，取出體溫計測量體溫，三十七點三度。

他端起水瓶一口氣喝掉七百毫升水，這是他慣用的抵禦頭疼腦熱的辦法。身為科學家，他卻不喜歡去醫院，頂多給肖寒打個電話，諮詢一下。

傍晚，他空腹已久，卻沒什麼胃口，只是就著牛奶勉強吃下去一顆煮雞蛋，便什麼也吃不下了。

他有點分不清楚，是因為心情不好導致身體疲憊，還是身體疲憊加劇了心情糟糕。可能都有吧。

渾渾噩噩，他又睡著了。再次醒來時是被雷聲驚醒的。窗戶沒關，白色的紗簾隨風舞動，活像個幽靈，雨絲魚貫而入，窗前的地板溼了一大片。

汪若山掀開被子，一股涼意襲來，他起身關窗。

白天喝水太多，這會兒膀胱快要撐破了，便去洗手間尿了足足一分半鐘。

返回客廳，他坐在沙發上，用兩隻手揉著太陽穴，感到穴位突突地跳動著。

環顧這間屋子，看見掛在門上的那面鏡子。這是宿舍樓建成時統一裝修的，也不知是誰的主意，在門上貼著試衣鏡，鏡子還不是一整塊，而是由四塊正方形鏡子自上而下拼成長方形鏡子，恰好可以使人從頭照到腳。

他照見鏡子裡的自己，穿著背心和內褲，才一週的時間，竟瘦了一大圈，面色也十分蒼白，黑色的髮絲裡，出現了幾縷白髮。

電話鈴聲突然響起。

電話就固定在門廳走廊的牆上，他摘下聽筒，一邊依舊望著鏡子裡的自己，一邊聽著電話裡的聲音。

「這裡是G城警察局。」電話裡一個機械的聲音說道。

「有什麼事？」

「上次你所報的李玉玲失蹤一事，到目前為止，還沒有找到線索，有什麼進展，我們會和你聯繫。」

「我不明白，這麼一個大活人……」

汪若山正在說話，電話裡卻出現了忙音。他知道，對面說話的並不是個人，那條語音是自動播報的。

他莫名發起火來，一腳踢在了門上。

咣噹一聲，四片方鏡中的一片掉了下來，在地上摔碎了。

鏡子掉了，恰好照不見汪若山的頭部，他卻在那片鏡子的地方，看見了一個鈕釦大小的東西，有點像袖珍鏡頭，鏡頭上有鏡片，反射出藍色的光。

汪若山撿起地上的鏡子碎片看，發現從一側看是透明的，從另一側看是正常的鏡子。

驀然間，他感到胃部一陣絞痛，然後哇的一下將原本就不多的、還沒來得及消化的食物渣滓吐在了地上。

半小時後，他來到了肖寒的辦公室。

肖寒戴著口罩。

「檢測的結果，不出我所料。」肖寒說。

「是不是什麼絕症？」汪若山近期遇事總有一些不好的聯想，凡事都往最壞處想。

「你可能是得了某種傳染病。」

「嚴重嗎？」

「這個病具有很高的致死率。」

汪若山聽到「致死率」三個字，一點也沒有悲痛的感覺。

「哦。」汪若山淡淡地說，「那我還能活多久？」

「你身體底子好。」肖寒補充道，「據你症狀的表現來看，你可能產生了抗體，有可能扛過去，但還需要進行觀察治療。」

聽到這個訊息，汪若山也並沒有表現出有多高興。

「好吧。」汪若山說，「這是什麼病？」

「與老鼠有關，確切地說，與老鼠身上的跳蚤有關。」肖寒扶了扶眼鏡說，「這種病曾有過三次大流行。第一次發生在六世紀，從地中海傳入歐洲，死亡了將近一億人；第二次發生在十四世紀，波及歐洲、亞洲、非洲；第三次是十八世紀，在三十二個國家傳播。從十九世紀以後，基本上沒發生過大傳播。沒想到這一次會再度出現。」

汪若山聽了這個介紹，木然地點點頭，想的卻是另一件事。

「有件事想問你。」汪若山壓低聲音道。

「什麼？」見汪若山變得鬼祟，肖寒不明就裡。

「你有沒有感到被監視？」

「監視？沒有。」

「我覺得有人在監視我。我的住處有攝像頭，很隱蔽。」

「頭一次聽說這種事情。」

「你有沒有知道什麼事，是我不知道的？」

「沒懂你的意思。」

「我覺得G城有很多奇怪的地方。有人失蹤，有人被監控，我不知道到底是怎麼回事。」

「失蹤和監控我真沒聽說過。但從歷史來看，也的確有一些不為人知的祕密。其實也不算機密，只能說是一般的祕密，一般人不知道。」

「什麼祕密？」

「我們家世代都是和生物科技以及醫學打交道。我爺爺就是研究複製技術的專家。在『大克隆時代』，他付出過汗馬功勞。」

「大克隆時代？」

「由政府主導，複製動物和人。本來這是機密，我爺爺簽署過保密協定，但他過世很久了，臨終前，他告訴了我。」

「克隆？複製？」

「起初是克隆動物，將地球上瀕臨滅絕的動物複製出來。這是從老鼠開始的。但很快，老鼠不用克隆了，牠是哺乳動物裡繁殖速度最快的，一年四季都可以交配，孕期二十一天，一年生六到八胎，一胎生五到十隻。小老鼠長到兩三個月就可以繼續繁殖後代，一年下來一隻雌性老鼠就可以讓一家子老鼠的數目增加上千隻！」

「作為一個物種，牠們很成功。」

「如果不進行滅鼠行動，恐怕地球要被老鼠占領了。政府的行動力很強，G城的老鼠絕跡了，幾十年都沒再出現過。動物克隆沒過多久，就開始討論克隆人的可行性。」

「大家都同意了？」

「克隆人的確有風險，至少在倫理上有風險。不得已而為之啊，大災難之後倖存下來的人數太少，只有差不多十萬人，繁衍緩慢。災難過後，自保還來不及，哪有工夫哺育後代呢？

政府發表鼓勵生育的政策，但收效甚微。地球人口數量太少，從物種存滅的角度來看，這是十分危險的。當然，克隆人本身也是危險的，反對的聲音一浪接著一浪。」

「隔行如隔山，我倒願意多了解一些。」

「克隆是無性繁殖。當然，『無性』在這裡指代的並不是兩性交合的行為，這是與『有性』相對的一個概念。有性繁殖是胚胎的形成，需要來自父母雙方的遺傳物質相遇，在條件適宜的情況下，發育成為個體。但克隆不依賴精子和卵子的結合，只需要來源於同一個細胞的遺傳物質。提供遺傳物質的細胞首先要與成熟的卵細胞融合，後者的所有遺傳物質要事先被移除，然後，給融合細胞適當的環境刺激和條件，它就可以像受精卵一樣開始發育。如果發育正常，最後誕生的個體就和提供細胞的母體完全相同。」

「這裡面有個很重要的問題。」

「我知道你想說什麼。在有性繁殖裡，兩性的遺傳物質組合為生殖過程引入了隨機性，能夠確保後代與父母在遺傳上具有較大的差異性。但是……」

「但是克隆只需要單一來源的遺傳物質，並且與被克隆者在遺傳特性上保持完全一致。換句話說，這種生殖方式產出的個體沒有帶來新的基因組合，只是忠實地複製了已有個體的全部基因。」

「是的。」

「當時以十萬人作為基礎，究竟克隆了多少人？」

「克隆人的數量，我不清楚，可能是母體的好幾倍。」

「在這麼小的範圍裡，出現了很多長得一樣的人，這恐怕是個災難。」

「當初政府也有過這個疑慮，但是這個疑慮後來被事實打消了。」

「怎麼說？」

「身為一個人，究竟是受先天基因的影響大還是後天環境的影響大？『基因決定論』認為前者大，但事實證明後者可能更大一些。另外，複製技術和想像的並不同，它做不到映像複製，頂多也只能是一臺速度很慢、翻印效果很差的影印機。通常當複製品出生的時候，『原件』已經物是人非。比如你要克隆自己，而你已經三十多歲了，等你的克隆體長到三十多歲，你自己已經六十多歲。再加上後天的生活習慣以及環境干擾的因素，老實說，他可能已經完全不像你了。大克隆時代結束後，又過了幾十年，透過自然組合的方式，產生了兩代人，克隆所帶來的問題就更小了。就這麼說吧，你在G城生活了三十多年，有沒有見過和你長得一樣的人？」

「有長得像的，但沒有長得一樣的，至少沒有引起過我的懷疑。」

「所以，沒什麼問題。」

「對了，還有一件事。」汪若山突然想起了什麼，「你剛才說，老鼠滅絕了？可我最近見到不少老鼠。」

「而且是死的。」

「對，死老鼠。」

「你的這個病，就可能來自這些老鼠。」

「這是什麼病？」

「我懷疑發生了鼠疫，但這個訊息，暫時還不能向外傳遞，G城就這麼大個地方，搞不好會引起恐慌。我正打算把我的研究和判斷上報給有關部門。」

「我需要住院嗎？」

「需要。你暫時不能離開醫院了。」

4

果然，幾天後，汪若山症狀減輕，甚而康復了。

回到實驗室，他沒找到高帥，於是撥通了高帥的電話。

「一起找找阿玲吧。」汪若山在電話裡說。

「汪老師，我一邊發燒，一邊打寒戰，頭疼得快要裂開了，腹股溝的淋巴結腫了，簡直有一顆核桃那麼大。丘貞來照顧我，她叫了救護車，正要帶我去醫院。」

汪若山聞言，知道高帥八成也被傳染了。

「你要去第一醫院嗎？那兒有個很不錯的大夫，名字叫肖寒，我很熟。」

「好的。」

於是汪若山將肖寒的電話告知給他。

找到阿玲的希望似乎越來越小，雖然報了警，但警力是不充足的，當天夜裡，汪若山看到大批軍警開赴郊區，他們都荷槍實彈，有市民拉住一個警察詢問出了何事，那個警察支支吾吾，說是演習。

汪若山知道戰事一觸即發，連警察都投入到了戰爭中。

瘟疫加上戰爭，不得安寧。

在群體的災難面前，個人的災難顯得更切實。唯一讓汪若山發愁的是，在瘟疫和戰亂中要想找到失散的人，就更加困難了。

劉藍抓住時機，對汪若山更是寸步不離了。

汪若山時而在宿舍樓頂坐著發呆，劉藍經常不請自來，去樓頂找他，幾乎每次都在。

「我陪在你身邊，是不是會好一些？」劉藍問。

「但我現在想一個人待著。」汪若山說。

「我不放心。」

說這番話的時候，他們在宿舍樓頂上，那有一個露臺。太陽早已落山，夜晚天空的黑幕上布滿繁星。汪若山不願自己一人待在宿舍裡，那裡還有阿玲生活的痕跡，使他觸景傷心。他在天臺上望著星空發呆，手裡攥著一瓶烈酒。

其實，汪若山哪裡想一個人待著呢，他巴不得有人陪著他，分散注意力，緩解痛苦。熱戀中的戀人失聯三天，給對方造成難以抑制的焦慮。加之最近G城暴發的疫情和即將爆發的戰亂，他總將不好的事聯想到阿玲身上，焦慮的力度又加倍了。

劉藍聽汪若山說想自己獨自待著，這話有點傷人，但她並不離開。她喜憂參半。見阿玲失蹤，沒了對手她高興，看到汪若山痛苦，她跟著痛苦。

汪若山飲下一口酒，腦袋更暈了，他抬起手摩挲著手錶，那是阿玲的手錶，也是李克的遺物，現在戴在了汪若山的腕上。

「劉藍，謝謝妳。」汪若山迷迷糊糊地說道，「對不起，我對妳態度惡劣，但其實妳是在幫我。我現在看起來完全沒有為人師表的樣子。」

「什麼時候了，你還在乎為人師表。」

「我沒打算為人師表。」汪若山喝了一口酒道，「我發現，妳對我不用敬語了。」

劉藍撲哧一聲笑了出來。

「用『您』不夠親切。」劉藍歪著頭說。

「沒錯。我今天不當妳是學生。我當妳是個朋友。」

「女朋友？」

「女性朋友！」汪若山糾正道，「可以傾訴的朋友。」

「請便吧。」

「半年來的經歷，有點像雲霄飛車，自從在山區邂逅阿玲，生活就翻天覆地，冒險取代了本來規律和平淡的生活。好端端地教書，無非是送一屆又一屆的學生畢業。身為教師，是可悲的，不斷重複自己。」

「你還有科學研究專案呢，這才是重點吧？」

「反物質推進器？是的，這個專案耗費了我大部分精力，也因此我才需要家庭生活能給予我一些慰藉和平衡。可惜，還沒有來得及……」

「我能給你帶來慰藉嗎？」

「我已經有阿玲了。可惜，我還沒來得及和她組建家庭。」

「我看你把她看得比科學研究還重要。」

「是的。她曾問我願不願和她去山裡生活，要不是科學研究專案壓得緊，恐怕已經實現了。」

「撒手科學研究？」劉藍忍不住道，「你有沒有想過這是在害她。」

「什麼？」汪若山不解地說道，「為什麼是害她？」

「我的意思是……」劉藍支吾起來，「如果你不去更好地發揮作為一個量子物理學家的作用，盡快研製出可靠的反物質推進器，地球遲早覆滅，到時候你和阿玲都將不復存在。」

「『播種計劃』？那是留給後人用的。將人類的精子和卵子發射到一顆適合人類居住的星球，並不是我們自己坐船去那裡，是人類的基因被運到那兒，在那裡由機器人將受精卵孕育成人，在新的星球上發芽生長，繁衍後代。我們現在，地球上的所有人，只是在做一個遙遠的鋪墊。」

「科學家應該有悲天憫人的情懷，即便是為了後人，也應該不懈努力。」

「我不知道是否已經找到了那顆宜居星球。」

「既然飛船都要準備好了，目的地肯定是有了。」

「有件事我一直奇怪。這是浩大的工程，牽扯到的科學研究人員非常多，但我們每個人都簽署了保密協定。每個人都負責很窄的部分，大家不知道其他人具體在做什麼。甚至，我都沒見過其他人。大家被隔絕起來了。這個工程為何要被嚴密分割，為何要被保密和隔絕？」

汪若山轉而又說，「妳又是如何知道這個專案的呢？」

「我？我和你心有靈犀呀……」

汪若山沒有就這個話題追問下去，他又自顧自說起了別的。

「我曾經一度很討厭反物質。」汪若山道，「自然界那麼稀有，又很難創造，好不容易搞出來一點點，又難以儲存，弄不好就會出事故。比居禮夫人研究放射性物質的危險性還大。」

「我對這件事一直很好奇。」

「也沒什麼神祕。我要撥開量子隨機性的迷霧，找到正反粒子產生的統計規律，從而抓住那些轉瞬即逝的正反粒子，讓它們成為離子發動機取之不竭的能量來源。」

「這個思路似乎違反了能量守恆。」

「並沒有。從真空中獲得『正能量』的同時，就會獲得等量的負能量。系統總能量依然是守恆的。把能量維持在飛船系統中，不對船體造成毀滅，這是難點。」

「可你終究還是成功了。已經給航天中心提交了足量的反物質，飛船發動機也基本適應了。」

「我的工作任務的確接近完成。但我的生活亂套了。」

「歷史上沒有幾個人能在人類的關鍵時刻造成這麼大的作用。」

「高帥以前和我提到過一部文學作品，一個名叫阿西莫夫的人寫過一本小說叫《永恆的終結》。故事是說，二十四世紀，人類發明了時間力場。到二十七世紀的時候，人類在掌握時間旅行技術後，成立了一個叫做『永恆時空』的組織，在每個時代的背後，默默地守護著人類社會的發展。永恆時空以一個世紀為部門，並視每個世紀的發展需要而加以微調，以避免社會全體受到更大傷害。透過糾正過去的錯誤，將所有災難扼殺在萌芽中，人類終於獲得安寧的未來。但是這種『絕對安全』的未來卻在某一天迎來了終結，銀河系最終沒有了人類的蹤影。原因是那些被認為可能導致災難的事情都被人類杜絕了，有許多領域，因為可能帶來災難，就被提前扼殺了，例如星際探索。這種做法不知不覺形成了因果鏈，導致人類失去了發展的機會，四面八方湧來的黑暗，即將吞噬人類。等大家幡然醒悟時，銀河系已經被其他智慧生命占據了，人類被困死在了地球上。」說到這裡，汪若山停了下來，眉頭緊鎖。

「你認同這部小說中的觀點嗎？」

「我認為，人類自身的問題很多，有人提出過『人類命運共同體』，這個提法很好，在宇宙裡，地球是滄海一粟，是行駛在無邊大海中的一葉扁舟，非常脆弱。但儘管如此，我們卻忙著窩裡鬥，嘴仗和戰爭從未止息，無法團結起來一致面對共同的敵人，人類命運共同體的理念從未實現過。二〇二〇年爆發了一場全球範圍的瘟疫，但國家之間吵來吵去，思考的卻是瘟疫是誰先傳染給誰的，相互責備，使得抗疫物資的合理分配都無法順暢。這不可笑嗎？病毒難道不是隨機出現的嗎？病毒會事先和人類商量好從哪裡開始嗎？現在，地球成了水球，陸地所剩無幾，人類只剩二十萬人，我們是瀕危物種，如此脆弱，卻絲毫不耽誤戰爭的發生，還會有人去殺人，還會有人去送死。我不明白，人類搞星際殖民，難道是要把這番禍水遍布到整個星系？」

劉藍不再對答，只是聽著汪若山滔滔不絕。他起初還算理智，但在酒精的刺激下，開始胡言亂語。

「我哪兒都不去，我就喜歡在地球上待著，守著我愛的人住在地球上的大山裡，遠離城市喧囂。什麼反物質，通通滾蛋！」

汪若山已經喝光了一整瓶烈酒，天旋地轉，思維錯亂，有一陣子，他看到眼前坐著阿玲，他伸出雙臂，擁抱了她，傾訴著久別重逢的喜悅，告訴她父親的後事已經安排妥當，他要娶她，生一堆孩子，在與世無爭的地方，親自教育他們，用大自然和純樸的愛來呵護他們，看著他們長大成人。

他睜開模糊的雙眼，淚眼婆娑，聚焦在阿玲的臉上。漸漸地，他發現不對勁，眼前的人不是阿玲，是劉藍。於是他推開了她，抓起另一隻還未開封的酒瓶，用力擰開，直接往嘴裡灌下去。

劉藍奪過汪若山手中的酒瓶。

「你不能再喝了，你喝得太多了！」劉藍喊道。

「把酒給我！」汪若山爭搶酒瓶。

劉藍拗不過他，心裡一急，就自己仰天猛灌下去半瓶。

汪若山呆呆地望著她，都忘了奪回酒瓶。

這是劉藍第一次飲酒，況且是烈酒，她暈乎起來，天旋地轉，猛然間，她感到眼前一陣電光火石，身體好像突然失重了，有一股巨大的力量把她托舉起來，飄浮在空中，緊接著，眼前的物體消失了，汪若山也不見了，她只能看到白茫茫一片亮光。

「劉藍，劉藍……」

她聽到有人在叫喊，有點像汪若山的聲音，但似乎像是加上了變聲器，聲音變細了，而且有很長的尾音，就像在空曠的禮堂裡說話。

第十一章　兩場戰爭

1

西郊是一片新城區，所有的建築物都展現出一個「新」字，雖然依舊是白色，但是造型要大膽多了，相比較G城中心的那些方方正正的矮墩墩的保守建築，新城區顯得更有活力。然而，新城區尚在開發，到處是工地，只能看到它初步建成的樣子。

這裡有一座軍營，軍營只有一座建築，它被建造成了一部老式火箭的樣子，有頭部整流罩、燃燒劑貯箱、儀器艙、級間段、發動機推力結構、尾艙等，一部火箭應有的結構它都有，就像一個與實物同等大小的模型。這座巨大的建築有五十層高，能容納五千名官兵。二十四部大空間電梯保障了它能夠快速運載士兵們抵達一樓。

汪若山每次去山區都會路過這個軍營，他不知道它為什麼會建成一座老式火箭的樣子，就像某種崇拜物或某種圖騰，非要把軍事和宇宙探索捏合在一起。

軍營一層的槍械庫裡，擺滿了各式各樣的單兵作戰裝備，手槍、衝鋒槍、突擊步槍、狙擊槍、機槍、散彈槍、火箭筒、手榴彈以及防護用具和監視裝備。軍營其他部分就是一大片空地，停放著各式戰車和戰鬥機。當然，大部分軍事裝備相比較大災之前，是落後的。軍事不是災後的首要任務，也沒有什麼需要保家衛國的事情，災後的首要任務是恢復民生。G城的治安由數百名警察來保障。

但是，近些年，也出現了一些尖端武器裝備，例如「分解機」，這是阿正監督下的軍事科技研究所研發的一款新裝備，能夠使被擊中的物體化成一股非常細微的煙塵，彷彿其中每個原子和其他原子的鍵鬆脫了，物體變作一團分離的原子，各個原子當然會立刻試圖結合，但它們彌散得太快，稍有空氣流動，便化作一縷青煙。這種僅僅在轟擊點造成的原子分解的武器，不會引發爆炸，不會起火，不會釋放出致命的輻射。顯然，這是高科技武器，甚至人類在大災前還沒有研發出如此厲害的武器。這種武器需要巨大的能量才能激發，而它的工作機理，是阿正督導下的軍事科技研究所的絕密資訊，不為外界所知，甚至這種武器絕大多數的軍人都沒有見過。但有一個人不但見過，而且還使用過，那便是巫桑。只不過那只是一個相同原理下的行動式的小裝置，轟擊距離很短，是這種武器尚在測試中的試驗品。大型分解機最終會安裝在星際飛船上。

當然，這些都是機密。

軍營圍牆之外，大約相距兩百公尺的地方，有一座剛剛建成不久的電影院，影院從外觀上看，是一座正方體，它的長寬高是等距的，放映廳也只有一個，能容納六百人同時觀影。由於影院離軍營很近，電影便成了官兵們日常操練之外的消遣。整個觀眾席，往往一半都是軍人。

災難雖然洗劫了地球，但文藝還是保留了下來，只是，沒人拍電影，影院裡只放映老電影。

一天晚上，影院剛剛散場，放映的是一部名為《星際迷航》的影片。劇情發展迅速，科克和史波克指揮著安裝了曲率發動機的「企業號」，帶領全體船員對戰「娜拉達號」，那一刻，鐳射炮對準了「娜拉達號」，接下來便發出了巨大的爆炸聲，有那麼一瞬間，觀眾以為那是影片的聲效，但是這聲音也太巨大了，座椅都發生了劇烈震動，房頂的渣土簌簌地往下落。

影院的經理知道這不正常，他已經把這部老影片看過上百遍了，雖然有爆炸的聲效，但也不至於如此劇烈。他走出影廳，發現西邊不遠處的軍營火光沖天，那棟火箭造型的高大建築，四十層以上正在著火，照亮了整個軍營。他驚訝不已，爆炸還在持續，顯然，那不是一般的爆炸，像是被威力巨大的導彈擊中了。幾輛運兵車被炸毀，一個著火的輪胎被衝擊到高空中，劃過長長的拋物線，直接奔影院而來。實在是太巧，這影院經理要不是躲了一下，幾乎要被砸中了。

另一個地點隨後也遭到導彈襲擊——位於G城中心的政府大樓。

阿正當時正在向市長匯報工作。

「發射架安裝完畢，艦隊飛船正在做最後的檢測。」阿正說著抽了一口雪茄，吐出一團煙霧，他閉上眼睛，用鼻子輕輕吸著瀰散在空氣中的煙霧。

「少抽菸！」市長說，「我不希望看到艦隊的負責人帶頭吸菸。」

「哦，您批評得對。其實我是個挺自律的人，在任何方面都能管好自己，除了吸菸。但我會盡力的。」

「艦隊官兵第三期培訓效果如何？」

「依我看，與其在生產建設方面做那麼多的培訓，倒不如加大軍事訓練的力度。沒有占領一顆星球，談何建設？」

「都很重要。」市長開啟一份數據，看了看，抬頭對阿正說，「衛生健康委員會的人說，西部山區出現了傳染病，病死率很高，你怎麼看？」

「山區早該覆滅了，這個病來得正好！」阿正踱步至巨大的落地窗前，望著窗外的夜色說，「不過，既然是傳染病，山區和G城之間沒有採取隔離措施，如果G城也染病的話，問題就大了。我建議立即進行隔離……那，那是什麼？」

阿正望見城西的一片雲彩，被映成了紅色，在它的下面，有一團火光，看起來就像百米之外點亮一個一百瓦的燈泡。

「你不知道嗎？」市長說，「連續三天進行夜間演習。」

「是，原計畫是演習三天，但有個分解機出現故障，有千分之一的機率會自我分解，這也夠要命的了。所以，第三天的夜間演習推遲到明天進行了。」

「軍營裡那團火是哪兒來的？」市長髮火道，「官兵們在舉辦篝火晚會嗎？」

市長話音剛落，辦公桌上的電話就響了。

「喂，怎麼回事？」市長拿起話筒，對面聲音嘈雜，並伴隨著劇烈的爆炸聲，他不禁將話筒舉遠了些，「你說什麼？突襲？」

市長祕書突然從門外闖入，神色慌張。

「趕快去防空洞！」祕書連稱謂和敬語都沒來得及說。

市長結束通話電話，意識到危險，他連外套都忘了披上，便立即隨祕書出了門，將阿正一人丟在了辦公室裡。

阿正覺得匪夷所思，山區的軍隊提前發動突然襲擊，為何情報部門沒有掌握情況，難道有關人員被策反了？他原本對擊敗尼魯的軍隊信心十足，覺得那不過是踩死一些蟑螂而已。

他下意識地感到自己應該隨市長去防空洞躲避，但又覺得自己身為軍隊的統帥之一（他剛剛被任命為太空艦隊司令），應該去前線了解情況。

這都是腦海中幾秒鐘之間的糾結，儘管腦部劇烈活動，但他的身體卻一動沒動，他盯著窗外，遠處出現了一個亮點，一個拖著長尾巴的亮點，它很小，速度很快，正朝著政府大樓的方向飛來。

事情發生在一瞬間，他突然聽到一聲巨響，響聲極為刺耳，他覺得自己的耳膜破裂了，因此巨響持續了不到一秒鐘，緊接著就變作一種矇在鼓裡的沉重的悶音。

那是一枚制導飛彈擊中了政府大樓左側四樓的位置，阿正此刻在六樓的正中央，他倒在了地上，滿臉塵土，碩大的水晶吊燈從天花板砸向了地面，金屬支架刺中了阿正的左腿，他疼得尖叫起來。

這尖叫聲也沒有持續多久，他的眼睛瞪著落地窗，玻璃已經被震碎，滿地玻璃碴，窗外的狀況看得更加清晰了。

幾秒鐘後，第二枚飛彈呼嘯而來。

阿正經歷了人生中最奇特的一幕，他驟然看到自己飛了起來，左腿從膝關節以下飛向了右側，右腿從大腿根部開始飛向了左側，他還看見了一隻在空中飛舞著的手，這隻手拍在了辦公桌後面那幅巨大的G城地圖上，在地圖上拍出了一個扇形的血印，然後掉在了地上。

有那麼一刻，他覺得自己清醒極了，耳朵似乎恢復了聽力，聽見地板被撕裂了，發出粗竹管被掰斷的聲音。他天旋地轉起來，旋轉到某個角度的時候，他的眼睛恰好衝下望著，他看到自己只剩下一條手臂和半截身子，腸子甩出去有一米多遠……

然後一切歸於寂靜，天空落下許多石頭，砸在了他的腦袋上，他覺得自己就像一臺被拔掉插頭的電腦，驀然間黑屏了。

在戰場的另一頭，尼薩舉著酒杯站在臨時搭建的作戰指揮部帳篷裡，坐在他對面的是尼魯。危急關頭，他還是不放心，到前線督戰。

「命中政府大樓！」尼薩的眼睛冒著光，「擒賊先擒王！這幾枚導彈可真不是吹牛的，好鋼用在了刀刃上！父親，我說什麼來著，您不必來前線，在家裡等捷報就行，哈哈哈……」

「嗯，我要等你笑到最後。」尼魯沒有發笑。

此時，一位軍官走進帳篷，匯報了另一件事。

「我們的眼線在城東發現一批巨大的金屬支架。」軍官擦了擦額前的汗珠說道，「現在還沒搞清楚那是些什麼東西。看起來很像巨型導彈發射架，不可思議，居然造得那麼大。」

「不用我告訴你怎麼做。」尼薩說。

「我聽您安排。」軍官問。

「既然開戰，這些武器會用來打誰呢？」尼薩喝掉杯中酒，「你說那是新式導彈？那就無論如何都要把它扼殺在搖籃裡！我可不希望看著它落在我腦袋上。」

「是！」軍官應道，「但是我們導彈庫存沒有了，要想炸毀那些新式武器，只能用其他辦法了。」

「我不管你用什麼辦法，讓它們在我眼前消失，否則我就讓你消失。」

「是！」軍官額前冒出一層細汗，倒退了兩步，轉身離開帳篷。

「嗯，看來，我可以回去了。」尼魯說。

「我們趕上了好時代。」尼薩對父親說，「我佩服強人，比如拿破崙和希特勒。他們的敵人也是硬骨頭，不好啃，費了很大力氣取得階段性勝利，但最終還是失敗了。他們不夠幸運，沒有趕上好時代。大災過後，土地驟減，人口驟降，我的敵人是歷史上最弱小的敵人，沒那麼多國家來和我作對，只有一個G城。稱霸全球的機會出現了，我將主宰一顆星球。這是歷史給我的契機，是上天在成就我，我需要做的，就是順應這樣的使命和召喚，成為地球的主人，哈哈哈……」

尼薩笑著笑著，突然覺得自己的喉嚨像是被卡住了，這引發了劇烈的咳嗽，他用手捂著嘴咳嗽了足足有一分鐘。

當手心攤開的時候，在場的每個人都看到了他滿手的鮮血。

2

導彈命中政府大樓六天後，城市顯出另一番景象。

黎明，微風吹拂著行人稀少的G城。表面看去，街道和建築線條分明，白色的牆壁和黑色的房頂，勾勒出G城特有的整潔感。街道兩旁的樹靜靜矗立著，樹枝末梢隨著微風輕輕擺動。

這完全不像一個正在被瘟疫吞噬的城市。但湊上去細看，會發現所有的店鋪上都貼著一張統一格式的告示「鼠疫期間停止營業」。只有報刊亭是開放的，賣報的小販睡眼惺忪，靠在亭子裡的椅子上發著呆。他面前的報紙上印著有關「戰爭」和「鼠疫」的醒目大字。戰爭的版塊明顯少於鼠疫的版塊。有一張報紙是隨著鼠疫的橫行開始發行的，名字叫《鼠疫快訊》。報紙的任務是：「以嚴謹和客觀的態度，向地球最後的人類——G城的同胞通報疫情蔓延或者減退的情況；提供疫情前景最權威的證據；報導與疫災鬥爭的知名或者不知名人士；鼓舞居民的鬥志，傳達當局的指示。」

總之，就是集合一切力量同病魔做鬥爭。

報紙上討論著鼠疫何時結束，人們樂觀地認為，最多會再持續一個月。

傳染病醫院有三幢白色的大樓，院子裡的地面停車場這會兒已經沒有車輛了，全部搭起了碩大的白色帳篷。汪若山大致數了一下，一共有十座帳篷，每座帳篷裡有大約四十張病床。因為病人太多，大樓裡住不下，高帥也住在這樣的帳篷裡。

汪若山推開帳篷沉重的厚門簾，看到裡面很寬敞，儘管天氣炎熱，但所有的窗戶仍然緊閉著。四壁的高處有幾臺換氣裝置在嗡嗡作響。裝置裡彎曲的螺旋扇葉攪動著兩排白色病床上空渾濁的熱空氣。從四面八方傳來低沉的呻吟或尖聲的叫喊，匯成一首單調的哀歌，讓聽者絕望。幾個穿白袍的醫生在窗外刺眼的日光下忙碌地走來走去，光線是從帳篷頂部的窗洞射進來的。在這悶熱得讓人坐立難安的帳篷裡，汪若山感到身心疲勞，他好不容易才認出肖寒，並且是根據體態辨認出來的，因為他也照例戴著口罩，穿著防護服，躬身站在一個病人身旁。肖寒直起身，把手術器械扔到助手遞過來的盤子裡，一動不動地站了一會兒，似乎在承受腰肌的勞損痛。

肖寒曾跟汪若山說，既然經常和高帥在一起，並且也碰到過死老鼠，如果沒有被感染，那就是大機率不會感染了。鼠疫這個傳染病，雖然凶狠，卻並不是人人都會被傳染的。

儘管如此，為了能探望病中的高帥，汪若山還是遵守醫院的規定，穿上了連體的防護服。

看到高帥的時候，汪若山有點沒認出來，他的變化太大了。

高帥看到了汪若山，伸出一隻手，後者隔著橡膠手套握住了那隻手，他覺得自己像是握住了一隻孩子的手，似乎連手都縮小了，儘管如此，那隻小手卻很用力地攥緊了他的手。

高帥沒有說話，眼睛盯著掛在牆上的顯示器，裡面正在播報新聞，胖乎乎的市長正站在幾輛大型卡車旁，視察防疫物資的調配狀況。一群穿著綠色制服背心的工作人員正從卡車上搬運物資，將這些物資分裝在小車上。這些小車再將物資運往各處，首先是運往各大醫院，其次是一些必要的政府機關部門。市長戴著口罩，臉比口罩大得多，他頭髮蓬亂，不時問詢身邊的一個醫務工作者，然後下達指令。

汪若山完全想不到，幾天後，他將會面見這位市長，討論極為重大的事情。而此刻，他還是在電視機前看市長新聞的普通觀眾。

不過，這是後話。

由於多日沒有洗澡，高帥的身體發出了酸臭的汗味。

汪若山望著高帥的臉，這張臉起初很像一具屍體的臉，但忽然間，不知被什麼事物觸動了一下，臉上出現了光彩，甚至連灰色的嘴唇都變紅了，眼睛睜得大大的，放出光來，他用力抓住汪若山的手，說起話來。

這讓汪若山不禁想起了以前和肖寒討教過的一個生理狀況。

「我們體內最直接的能量來源，是三磷酸腺苷。」肖寒如是說，「在自然瀕臨死亡的人群身上，一般會出現大腦、心、肝、腎等嚴重的器質性衰竭，體內臟器的功能無以為繼，只能勉強維持最低限度的新陳代謝，讓生命不至於終止。但是，人體細胞中還儲存著能量物質三磷酸腺苷。當生命即將跨過臨界點抵達死亡的時候，這些僅存的三磷酸腺苷就開始毫無保留地分解，迅速轉化為二磷酸腺苷，這個過程中會釋放出大量能量。」

「會有什麼外在表現呢？」汪若山問道。

「有了能量以後，大腦也會分泌出大量腎上腺素和皮質激素，這些東西會繼續刺激體內所有的三磷酸腺苷，讓它們轉化，產生能量。

「在腎上腺素和大量能量的支持下，那些功能已經衰竭的器官供血和供氧都迅速恢復了，瀕死的人看起來又重新煥發了生機，不管是皮膚的光澤度，還是心跳、體力、精力，看起來都大大『好轉』了。」

「這就是所謂的『迴光返照』吧?」汪若山不禁說道。

「對,這是最後一點能量的迸發,無法持續多久,這點能量燒得很快,在此之後,生命就會沉入永久的黑暗,人生之旅也就完結了。」

汪若山聽完這些言論,心裡卻很受用,他感受到了生命因科學而變得清晰。但此時他看到高帥也出現了如此反應,他知道這是迴光返照,他很傷感,但他沒有把傷感寫在臉上,他微笑著,眼神堅定地望著高帥,聆聽著他的話語。

「世上是不是真的有瘟神?」高帥大聲問道。

「高帥,這世上沒有瘟神。」汪若山道,「只有病菌和病毒。」

「我覺得有。我是不是罪有應得?瘟疫的出現是不是老天爺在打擊他的敵人?我前幾天看有關瘟疫的書,埃及法老反對上天的意旨,是鼠疫讓他終於屈膝。老天爺會降災給自大的人。」

「沒有什麼老天爺。」汪若山語氣溫和地說。

「鼠疫牽連了許多人,這些人到了應該反省的時刻。」高帥似乎沒有在聽汪若山講話,自顧自地說下去,「正直的人不會害怕,但惡人就應該發抖。這個世界已經和罪惡妥協的時間太長了。我們都擅長後悔,輕車熟路,但在悔恨之前,我們都選擇放任自己。我覺得我好像看見瘟神了，他披頭散髮，渾身烏煙瘴氣，揮舞著長矛，正在追殺有罪的人。」

高帥說著話，眼睛裡透出驚恐的神色，鬆開了握著的手，指著前方，然後又捂住了自己的眼睛。

「你能有什麼罪呢？」汪若山問。

「我對前妻漠不關心！」

「這的確是罪過，但也不是一點都不可理解。」

「我參與研究反物質了，這是不是罪過？自然界幾乎沒有反物質，為什麼呢？老天爺創世的時候，反物質是瑕疵品，是不和諧的音符，他不允許這種瑕疵和不和諧存在。反物質遇上物質就會湮滅，湮滅就是同歸於盡，這多可怕。所以自然界的反物質才會那麼少。反物質很難製造，又那麼難儲存，但是居然被我們製造出來了，還能大量儲存，被我們搞定了。這是不是違反了宇宙的法則？我終於相信山區人古老的信條了，不該嘗試發展科技，要回歸原始，回歸自然。我有罪！」高帥說著，嚎啕大哭了起來，鼻涕流到了嘴巴上。

「我也參與了！」汪若山看到這樣的高帥，心痛不已。

「那你也得小心啊，你不該來看我，你會被瘟神盯上的。我看了數據，鼠疫桿菌永遠不會死絕，也不會消失，它們能在家具和衣被裡存活幾十年，它們會在房間、旅行箱、廢紙堆、下水道裡耐心等待。有一天，鼠疫會再次喚醒鼠群，使它們葬身，使人們染病，再次教訓人類！」

「你別說話了，好好歇著吧。」汪若山不知道該如何繼續這番對話。他意識到，人之將死，往往會有一些顛覆性的言論。防護服異常悶熱，他感到身心疲憊。

高帥說完這些話，就突然住了口，眼睛裡的光熄滅了，手無力地垂了下去，然後，他便進入了生命最後階段的掙扎。

肖寒走了過來，盯著高帥，又與汪若山對視了一眼，搖了搖頭。

經過一番掙扎高帥一動不動地躺在那裡，彷彿身子一下子縮小了一大圈。

他張著無言的嘴，他的嘴如同一個黑洞。

3

高帥走了，汪若山沒有流下眼淚，只感到自己心裡發堵。他聞到了屍體的味道，想到他完成了輪迴，即將進入火葬場，在熊熊烈火中化成一團灰，那些灰，再度成為大自然裡的小顆粒，繼續變作其他東西。

汪若山往帳篷外走，一個手腳麻利的醫護人員正在給一個屍袋拉拉鍊，他不經意間看到屍袋裡的人很面熟，於是他請求那個醫護人員把拉鍊再度拉開，對方愣了一下。

「這個混蛋有什麼好看的？」醫護人員甕聲甕氣地說道。

「很面熟。」汪若山說。

「誰不認識他？這個罪大惡極的人！」醫護人員說著就拉開了拉鍊。

那是尼薩的臉，面目異常平靜，五官稜角分明，嘴角甚至有一點微微上翹。這張臉簡直像一尊古希臘美男子的大理石雕像的臉。汪若山驀然覺得，這張神情安然的臉，彷彿屬於一個沉睡的思想者。凹陷的眼窩，加深了他的這種印象。尼薩活著的時候，完全就是一副陰險殘暴的嘴臉。這種古怪的對比，讓汪若山不禁覺得，人的皮囊，完全由內在的心理和思想支配。

他告別了肖寒，從憋悶的帳篷裡走了出來，來到醫院外，脫下已經被汗水打溼的防護服，他摘下口罩，大口呼吸著室外的空氣。

汪若山驀然覺得人的生命如同螻蟻。疫情導致的死亡遠遠多於戰爭。尼薩當然是罪有應得，但其他人，那些無辜的人為什麼也死了？

他感到迷茫。

雖然身體被解放了，但他的心裡沉痛到了極點，就好像心臟被荊棘勒緊了。他的愛人沒了，他最好的同事和朋友也撇下他走掉了。

身為一個孤兒，沒有什麼比這更糟糕的了。

他的思緒，不禁飛回到童年。

上小學的某一天，他記得那天雲層很厚很低，壓得他喘不過氣來，遠處響起了爆炸聲，火光映紅了天邊的雲彩，大地在震動。大人說那是遠處的火山爆發了。他的父母在那一天就突然消失了，沒有回家，當然，他的父母很少回家，印象中他自己總是獨處，一個人玩兒，一個人吃飯。飯菜都是父母大清早做好放在那裡，到了吃飯時間，他自己去加熱。

汪若山不知道他們是怎麼消失的，有人說，因為海嘯衝破了防波堤，奪去了許多人的生命，包括他的父母。此後，他在孤兒院長大，他沒什麼朋友，孤寂的童年，塑造了他冷靜堅毅的性格。從小學到中學，他都是縮起來的那種孩子，不愛湊熱鬧，班裡的同學甚至感受不到他的存在。他也不希望有人注意他，他只喜歡自己待著。他對宏大的事物並不感興趣，卻喜歡微小的事物，他能蹲在螞蟻坑邊上看上一個下午。他有一天看到學校的實驗室裡有一個顯微鏡，好奇心大發，不願錯過任何小東西，他把頭髮絲、耳屎，甚至一粒小灰塵，拿到顯微鏡下看。他越來越喜歡沉浸在他的微小世界裡，無法自拔。上了大學，他迷上了量子物理，在這個領域裡，他讀完了碩士和博士學位，並且很快成了專家，引起了業界的關切，引起了政府的重視。

汪若山從醫院一路走回校園，不知不覺間，在一棟建築物前停下了腳步。

他從歷歷在目的往事中回過神來，眼前的這個建築是女生宿舍，八層樓，住了四百八十名在校女生。拿到畢業證的學生，多數已經不住校了。

他驀然想到了劉藍。

那天的飲酒，使汪若山十分後悔，劉藍第一次喝酒，才發現她有嚴重的酒精過敏。救護車將她拉至醫院，肖寒為她做了檢查，她屬於迅發型酒精過敏，症狀出現得很快而且嚴重，除了皮膚出現紅腫和搔癢外，還出現喉部水腫導致的呼吸困難。這些症狀，差點要了她的命。奇怪的是，在醫院時她一面對帶神祕微笑，簡直堪比蒙娜麗莎的微笑。汪若山和肖寒面面相覷，不得其解。雖然下功夫治療，劉藍卻一直沒醒過來，但檢測身體各項指數都正常，這也令人奇怪。

後來疫情嚴重，她就被轉移到更安全的醫院了。

事情因汪若山而起，他心生愧疚，想去看看她。

第十二章　飛向地球

1

山區與G城之間爆發的戰爭，彷彿一隻點著了引線的炮仗，引線在迅速燃燒，花火四濺，卻一下子被扔進了水裡，在爆炸的一瞬間，被瘟疫的大水淹沒，沒能炸得起來。人們普遍有一個看法：即便戰爭全面爆發，也不會比鼠疫帶來的損失更慘重，能死更多人。

汪若山儘管還在尋找著阿玲，但他心裡知道，鼠疫阻斷了希望。市長在電視裡的講話中告誡市民，如果不採取嚴厲的自我隔離，G城即將毀滅，這比戰爭還要可怕。的確，戰火是能看得見的，但瘟疫是隱形的殺手，就像「二戰」時史達林格勒的蘇聯狙擊手，帶給氣勢洶洶的德軍巨大的心理威脅，人們不知道子彈會從哪個方向射來，也許一命嗚呼的時候完全是懵的。換句話說，還沒有染上瘟疫的人，總是心裡惦記著這件事。

無所事事的汪若山，去醫院當了志願者。

醫院人手短缺，一些醫務工作者本身由於密切接觸鼠疫患者而感染了這種致命的疾病，許多人倒下了。

冒著生命危險衝到防疫第一線，倒不是汪若山有多麼高尚，而是因為他實在是沒有什麼能失去的了，他甚至覺得自己已經不是個活人，只有待在最危險、距離生死關口最近的地方，他才能感到自己還活著。

儘管鼠疫帶給山區和G城沉重的打擊，但它的消退也是始料未及的。G城的市民沒有急著慶幸。瘟疫雖然增強了他們得到解脫的願望，但也教會了他們小心謹慎，何況他們已經習慣越來越不指望短期內結束瘟疫。不過，大家都在談論這個嶄新的現象，而且在每個人的內心深處都產生了迫切的恢復日常生活的希望。

死亡統計數字下降了。

曾經是鼠疫圍剿人類，現在是鼠疫被人類圍剿。但沒人敢掉以輕心，鼠疫時不時也會咬牙頂住，它胡亂鼓鼓勁便能奪去三四個有望痊癒的病人的生命。有不少人是不走運的，因為他們是在充滿希望的時刻被鼠疫殺死的。巫桑便是其中的一個。

「一線希望的曙光便足以摧毀連恐懼和絕望都未能摧毀的一切。」肖寒望著一個躺在病床上的病人，如是說。

那個病人，正是巫桑，此刻正在遭受著病魔的吞噬。幾天前，他知道疫情要結束了，心懷希望，但此刻惡疾發起了反撲，他就像上了救生船，正自高興，船體卻漏了個窟窿。

汪若山站在病人身旁，正在聽從肖寒的安排。他懂得肖寒的意思，眼前的這個人沒救了。他感到此人相當隱忍，縱然病魔摧殘著他，但他從頭至尾沒有「哼」一下，看到肖寒忙前忙後，他還經常表達謝意。後來，他說不出話了，但從他的眼神裡，能看得出他已經做好了接受死亡的準備。在疫情肆虐的時候，他就已經做好了準備，但這幾天疫情的衰退，給了他希望，他原本是做好準備赴死的，但這個「希望」，正如肖寒對汪若山所說的，破壞了他坦然的心情。

汪若山不認識巫桑，也從未見過他，更不知道這個男人曾在他的房間裡出沒過。

因此，汪若山向他伸出了手，他握住了那隻被病魔折磨得顫顫巍巍的手。

「難受嗎？」汪若山覺得自己說了一句廢話。

「不難受。」巫桑說道。聽他的語氣，這句話似乎是由衷的。「身體的難受不是什麼大事。」

巫桑說到這裡，突然咳嗽起來，這咳嗽像是從臟腑深處發起的，他的整個身子都震顫起來，由於沒有及時用手或者紙捂住，他竟然噴出一口血來，猝不及防，噴了汪若山一臉。

當然，汪若山是戴著口罩的，但也不得不跑到帳篷外面，摘下帶血的口罩，扔進指定的廢物桶裡。重新給自己全身消毒後，他又換了一個新的口罩。

當他回到帳篷裡的時候，巫桑嘴邊的血已經被擦乾淨了，安靜下來。

「很抱歉，你要保護好自己，不過，看你裹得這麼嚴實，問題不大。」巫桑說。的確，汪若山穿著一整套白色的防護服，戴著帽子和橡膠手套，透過護目鏡，只露出兩隻眼睛，看起來活像一個剛剛堆好的雪人。

「相比較死，我覺得活著倒更不安。」巫桑說。

「活著的確很累，但死了也沒什麼好。」汪若山說。

一旁的肖寒望著汪若山，使了個眼色，那意思是：你這是安慰人嗎？

汪若山倒不以為然，那是他的心裡話。巫桑聽完這話，還挺受用，甚至衝汪若山笑了一下，彷彿找到了知音。

「我想問你個問題。」巫桑說。

「你說吧。」汪若山道。

「劊子手，會不會遭報應？」

「劊子手？你是給死刑犯人行刑的人？」

「是的。」

「如果他代表了正義，沒什麼問題。」

「是，我也這麼想。但我始終不知道自己是否代表正義。」

「你是行刑者？」

「算是吧。」

「政府和法律不代表正義嗎？」

「問題是，我從未看見過判決書，我不知道他們觸犯了什麼法律，也不知道他們有什麼罪。他們都是好端端的人，甚至是美好的人……我心裡很清楚，我忘不了，有一個姑娘，她……」

說到這裡，巫桑的眼睛有點睜不開了，他那遭到病魔蹂躪的面容更加慘白了。暴風雨般的高燒使他間歇抽搐，清醒的時間越來越少了。他下沉到海溝的底部，臉龐化作一個再也沒有生氣的面具，彷彿體內某處的主絃斷了似的，低沉地哼了一聲，便再也沒了呼吸。

汪若山站在原地，看著巫桑，這個死前和他對話、表達懺悔的人，心裡有一種莫名的滋味。

2

汪若山交付了反物質發動機方案。

發動機安裝除錯完成。巨大的火箭發射基地矗立在G城靠近海邊的東岸，站在學校宿舍樓頂上，都能隱約看見六座發射架。汪若山挺奇怪為何要建造那麼多發射架，難道有多架火箭要同時發射嗎？當然，他無須知道答案，他只是發動機樣機的創造者，要造幾艘宇宙飛船，誰登上宇宙飛船，飛往何處，這都是他不知道的事情，一切資訊都被隔絕，都是保密的。

科學研究成果一經提交，學校立刻給他放了假，簡直是強制休假。

畢業季到了，儘管瘟疫還未徹底結束，但校園裡的樹木都發了芽，鮮花都盛開了。校園突然間少了約束，學生們放飛自我，在宿舍裡整宿喝酒打牌，也完全沒人管，連宿舍樓長也請假了。

身心俱疲的汪若山，在校園裡蹓躂，路過的學生和同事，對他紛紛側目，議論著他。這也難怪，他沒有了往日的精神矍鑠，更沒有了那份睿智，只剩下蓬亂的頭髮，衣衫不整，黑眼圈，眼睛裡布滿血絲，眼神裡時而透出絕望和怨氣，時而又麻木不仁。身為抗疫志願者的他，沒有因為參與了救人行動而使自己獲得力量，反倒因為見證了太多生命的猝然隕落而讓他的心情始終在谷底徘徊。

更何況，那個叫劉藍的學生，前些天伴在他左右，據說還曾一起飲酒，後來不知怎的去了醫院再沒回來，不免讓此前已經調侃他們關係的師生更加炸鍋了。

奇怪的是，方校長倒不以為意，對此事閉口不提。

「若山，你精神狀態不好，要保重身體。」

「我對此很抱歉。我的未婚妻失蹤了。我想，這件事落在誰頭上，恐怕精神狀態都不會好。」

方校長同情地點點頭。

「你和高帥的科學研究成果已經落實，你們出色地完成了任務，這份辛勞，大家都看到了。」方校長讚許道。

「高帥已經不在了。」

「據說，他會被追認為烈士。」

「嗯。」

「你必須好好休息！好好放一個長假吧。」

「我不想休息，我想繼續教學。」

其實，他並不是有多喜愛學生，更不是熱愛教育事業，他只是不想閒著，一旦閒著他就會去想阿玲。她在什麼地方？她是死是活？這些問題盤旋在他腦海裡，揮之不去。有事幹，還能分心。無事可幹，他只能想這些。

但是，學校依舊給他放了假，薪水不但照付，還給了他一大筆獎金。眼看著薪資卡裡那筆可觀的收入，他一點也高興不起來。

幾天後，他便按捺不住了。

「我什麼時候能復工呢？」汪若山問。

「你不是喜歡去山區嗎？你去好了，去多久都行，我現在絕不攔著你。」方校長說，「我還會給你配一部越野車。需不需要我給你配一個嚮導？」

汪若山沒有去山區，阿玲不在，山區便成了傷心地。

他自顧自地坐在城東的那座小山上，望著東邊的那些巨型發射架發呆。他驀然覺得，那好像是別人乾的事，與他無關。

一陣清風吹過，他聞到了一股淡淡的香味，這是一款女士香水的味道，很特別，讓他聯想到了吃桑葉的蠶寶寶，是香甜可愛的植物的味道。他不去追蹤這個味道的來源，依舊望著前方，心裡空蕩蕩的。

「你打算讓自己變成山頂上的一棵樹嗎？」一個聲音說道。

顯然，香水味的源頭到了。

「要是能夠成為山頂上的一棵樹，那也不錯。」汪若山喃喃道，「永遠望著四周的景色，春夏秋冬，不帶感情，沒有傷痛。」

「最近好嗎？」

「睡不著覺。好不容易睡著了，又會做不好的夢。睡下去的時候就想：不醒來多好。醒來後，我又煩躁地等著天黑。夜裡真難熬。」

「唉，希望你能開心起來。我喜歡那個睿智樂觀的你。」

「老天爺讓惡人和善人一樣受苦。只要活在這個世上，就要經歷人生這場連續不斷的戰爭。我們過的日子，就像僱傭兵的日子一樣。」

「我知道你會痛苦，但是，我今天來是想讓你知道真相的。」

汪若山聽了這話，才緩緩轉過頭來，看向講話的人。

那是劉藍。

「什麼真相？」汪若山木然地問道，他見到劉藍沒覺得驚訝，也沒問她的身體好些了沒有，只是就著話題聊下去。

但是汪若山發現眼前的劉藍變了。這種變化很顯著，倒不是五官和身形有什麼變化，是氣質變了，氣場變了，雖然青春的模樣沒有變，但她完全不像個剛剛畢業的大學生了，倒像個飽經滄桑的人，好像經歷了生活的某種磨礪，變成熟了，語氣平和，神態淡淡的。

「關於你是誰，你從哪裡來，要到哪裡去的問題。」劉藍說。

「那麼，我是誰呢？」汪若山問。

「你是人類。」

「謝謝妳告訴我，不然我還以為自己是個鬼。」

「人類，在這顆星球上，是少數的特殊群體。」

「少數的特殊群體？那多數是？」

「G581 星人。」

「外星人？」

「其實，對這裡的原住民來說，我們才是外星人。」

「我徹底糊塗了。」汪若山從那塊他一直坐著的大石頭上站起身來，他用手指著地上說，

「那麼，這裡是哪兒？」

「G581星，當然，這是人類當初給它起的名字，在這裡，不是這個名字，但這不是重點，重點是，我們都來自地球，而現在我們腳下是一顆距離地球二十光年之遙的星球，是G581星。」

「G581星？那不是為了避免地球洪水，進行星際轉移，我們選擇的目的地嗎？」

「沒錯，人類早已抵達目的地，腳下就是我們的目的地。」

「不可能！」

「這裡沒有月球，不是嗎？」

「沒有。」

「地球有月球，這裡沒有月球，你懂了嗎？」

「我不想和妳爭辯了，妳告訴我完整的資訊，究竟是怎麼回事？」

「說來話長。我完整講一遍，你不必中途打斷我的講述，講完了之後，你再向我提問題。」

「好。」汪若山做了一個深呼吸。

「我們所在的這顆星球，不是地球，而是『播種計劃』的目的地G581星。而此刻，已經是『播種計劃』宇宙飛船發射的一千年後。第一批播種孕育出來的人類，被稱作『初代人』，你是他們的後代，確切講，你是第三代人類。G581 星有土著人，極少數知情的人類把他們稱作SD，雖然知道他們存在，但至今沒人見過他們。SD 一直潛藏在背後，他們最初發現來自地球的播種飛船的時候，十分驚訝，費了很大力氣才基本搞懂了飛船裡的那些資訊。這些資訊詳細介紹了地球文明的成果，深入淺出，這也是為了方便『初代人』來學習的。另一些資訊則揭露了飛船此行的目的。原來是地球即將遭遇災難，一顆巨大的彗星會在若干年後撞擊地球，使地球變成一片汪洋，人類可能會覆滅。災難不可避免，但人類的火種還要傳遞，於是人類啟動了『播種計劃』。『播種計劃』的技術關鍵就是反物質引擎，能夠將宇宙飛船加速到光速的百分之十，這和舊的火箭推進器不是一個量級。於是，飛船飛到了 G581 星。人類真是可悲，一直尋找外星人，希望能夠找到星際之間的友誼，多次嘗試無果，卻在無意間，以這樣的方式與外星人相遇。SD 發現播種飛船並加以研究，還撰寫了一本名為《人類》的專著。這有點像「二戰」結束後，美國人研究日本人的國民性，撰寫了《菊與刀》。總之，這本書對人類的評價並不高，認為人類自私又好戰。在得出這樣的結論後，SD 很恐慌，召開了長達一個月的會議，商議對策。他們認為，人類已經確知 G581 星是一顆宜居星球。從人類歷史來看，歐洲人來到美洲，當地的印第安土著人可沒什麼好下場。人類的目的無疑就是侵占 G581 星。人類的科技水平高於 SD，這將是 G581 星的災難。明確了這個前提，SD 認為需要在科技實力上奮起直追，在人類軍艦抵達之日前，具備還擊的能力。如何對付人類，SD抽成保守派和激進派。保守派認為，可在本土設定圈套，使地球人自投羅網；激進派不支持本土作戰，他們認為應當製造戰艦開赴地球，趁地球人經受天災比較虛弱的時候，將其扼殺在搖籃裡。後來，激進派占了上風。然而，G581星的科技水平發展十分不均衡，擁有很高的生物科技水平，掌握了複製技術和腦機介面技術，但在航空航天以及量子力學領域還沒有摸清門道。於是，G581星人加大力度研究這艘播種飛船，這艘飛船幾乎完整儲存了人類的歷史、科技、文化、藝術方面的資訊。透過對這些資訊的深入學習和研究，G581星的文明程度特別是科技方面開始有了較為均衡的發展，但量子力學領域一直未得開化。沒有這個領域的支持，無法造出超高速宇宙飛船，G581星就會被鎖死在原地，更談不上進攻地球了。SD似乎在量子力學領域有個天花板，就像五音不全的人非要學習唱歌一樣，不得要領。他們最終想到一個辦法：由人類來研究量子力學。SD繁殖哺育了播種飛船上的人類受精卵，『初代人』誕生了，為了使這些人類乖乖就範，他們製造了地球『高原』的假象，建立了繁華的G城。高原上的人類繁衍生息，他們不知道自己只是被圈養起來的人類，更不知道自己所在的地方並非地球。為了增加人口數量，他們克隆了大量的人類，加上原本自然繁衍的人類，高原上的人口達到十萬人之眾。人數多起來後，社會屬性開始發揮作用，人們有了不同的思想和派別。其中一派人崇尚回歸自然，去山區生活。起初，SD對這些人很頭疼，因為山區的人口越來越多，SD曾一度想把他們消滅掉，但擔心這樣做會造成資訊洩露。看到山區的人自甘原始，似乎也無大礙，就漸漸放任不管了。後來的戰爭是SD始料不及的，他們沒想到人類對權力和民族主義的渴求是無處不在的。而這些欲求必將導致戰爭。不過，現在戰爭結束了，尼魯逃回深山。SD目前無暇顧及剿滅這股殘存勢力。星際艦隊已經蓄勢待發了，這是頭等大事。對了，你此前提到的那個趙健，他是空氣動力學家，你們兩人的研究領域是隔絕的。他很早就發現了我剛才講述的部分祕密，他曾想把這些祕密公之於眾，甚至謀劃起義，推翻SD的幕後統治。所以，他被SD追殺，在逃難中跌斷雙腿，最終被祕密殺害了。」

劉藍一口氣說了十分鐘，說到這裡停了下來。在她講述的這段時間裡，汪若山始終瞪大眼睛，如飢似渴地捕捉著這些驚人的資訊。儘管他知道G城很奇怪，覺得背後藏著祕密，但他完全沒想到竟然是如此驚人的祕密。

「妳說完了？」汪若山問。

「說完了。」劉藍的嗓子有些乾澀，「但我知道你還有很多疑問。」

「妳是怎麼知道這些祕密的？」

「這需要解釋另一個問題。建立高原後，如何管理高原是個讓SD頭疼的問題，他們最終的方案是SD隱匿在背後，讓G城實現『人管人』。因為SD初步掌握了腦機介面技術，可以對部分人類實施操控，這種被操控的人類被稱作『潛行者』。每一個『潛行者』背後，都有一個SD負責操控，這些『潛行者』如同提線木偶。」

「如果我沒有猜錯，妳就是一個『潛行者』。」

「是的。」

「既然妳被操控，怎麼會和我說這些？」

「安置在我大腦裡的腦機介面出現了故障，會偶爾斷線，使我恢復自主意識。起初，斷線往往只有一兩秒鐘，也不會引起我背後的SD的注意。後來，時間變長了，最長的一次，持續斷線了五秒鐘。這種斷線，導致了自我意識和被操控意識之間的資訊傳遞。我學會了兩重意識和平相處，卻不被SD發覺。上次我們喝酒，那是我第一次喝酒，也許是在酒精的刺激下，腦機介面徹底脫鉤了。」

「原來如此。讓我猜一猜，還有哪些『潛行者』，市長是，方校長也是，還有丘貞……」

「你的洞察力驚人。還記得方校長墜湖嗎？腦機介面技術還不夠穩定，那是一次斷線事故。G城大約有七十名『潛行者』，主要集中在航空航天和量子力學領域。」

「妳作為『潛行者』來到我身邊，目的是什麼呢？」

「敦促你完成反物質研究。方校長和我，一直在配合這件事。」

「阿玲是死了嗎？」

「是的。」

汪若山心頭湧上一陣刺痛和憤怒，失蹤和死亡是截然不同的概念。但他壓制住了爆發，他知道，現在說什麼也沒用。一方面，他的處境很不樂觀；另一方面，人死不能復生。

「阿玲妨礙誰了嗎？」汪若山追問道，「SD要置她於死地？」

「SD的評估是這樣的。你會為了這個女人，放棄反物質研究。這是絕不允許發生的。因為這是不止一代人的努力成果，必須萬無一失。」

「不止一代人？」

「你的父母也從事反物質研究。」

「他們很早就去世了。」

「對，去世的原因，也是因為反物質湮滅事故。你被選為繼續從事這項工作，也是天賦使然。」

「足夠冷酷。」汪若山感到自己由於憤慨致使面部肌肉抖動起來。

「最近，SD的計畫受到了瘟疫的影響。原本在人類中間傳播的鼠疫，居然在SD中間也開始傳播。更確切地說，人類此次瘟疫基本上結束了，但SD那邊才剛剛開始。背後操控著我的那個SD就感染鼠疫死了。最近SD正在爭論，是先控制疫情，還是加速計劃的實施。」

「我猜，他們會選擇加速計劃的實施。因為前往地球作戰的，不會是SD，而是高原上可憐的人類。」汪若山苦笑著說，「荒誕，沒有比這更荒誕的了。這就如同一個邪惡的養母訓練並敦促孩子去殺害自己的親生母親！」

「這個計劃，下個星期就會付諸實施。」

「妳為什麼告訴我這些？對妳有什麼好處？」

「對我沒什麼好處，甚至有害處。不過，現在你的利用價值已經被榨乾了，SD對我也就沒什麼指派任務了。我曾經的任務，是成為你身邊的那個女人，這是SD賦予我的職責。但是，當我清醒的時候，我也很清楚自己的感情。」

「什麼感情？」

「我……我愛你！」劉藍的語氣，一直保持平和，在敘述那些殘酷事實的時候，也沒有波動，但在說出這三個字的時候，她的眼角滑落了一顆淚珠。

3

「我想去看大海。」汪若山望著西邊的餘暉說。

他驀然間有一種徹底的了無牽掛，因為他的身分，他所處的環境，甚至他所在的星球，他無力做出任何改變。

他有一種失去一切之後的解脫感。

「我陪你去看大海。」劉藍望著他說。

他們駕駛汽車，朝東部開去，路上沒有行人，只有零星的警察。

一小時後，汽車在海邊的防波堤旁停下來。乳白色的天空向各處投下淡淡的陰影。在他們身後遠處的天空，飄浮著大片雲朵，雲朵被來自G城的夜景燈火映成了紅色。

他們向警察出示證件，後者仔細端詳了很久才放他們透過。

靠近防波堤，一股海藻的氣味撲面而來，這意味著大海就在前面。接著，他們聽見了濤聲。

大海在防波堤的巨大基石腳下發出輕柔的聲音，他們攀登大堤時，無垠的碧波展現在眼前，像絲絨般厚重，像獸毛般柔滑。他們在面對深海的岩石上坐下來。海水漲起來，再緩緩退下去。大海舒緩的起伏使海面時而波光粼粼，時而平穩如鏡。

海面上空，是無邊無際的夜。

這是汪若山第一次看見大海。不知為何，他突然不怕水了。

「據說，追根溯源，人類誕生自大海。」汪若山小聲說著。他的手觸控著凹凸不平的岩石表面。

「那就去追根溯源吧。」劉藍說著，朝海裡走去。

岸邊的汪若山呆住了。

劉藍慢慢隱入海水。一開始，海水有點涼，等她再次鑽出水面時，適應了水溫，倒覺得海水是溫熱的了。游了一會兒之後，她驀然感到，今晚的海水之所以是溫熱的，也許是因為她的心是熱的。她以勻稱的動作往前游著，雙腳拍打水面，在她身後掀起白色的浪花，海水沿著她的雙臂流下去，劃過她修長的雙腿。

不得不說，她游得太美了，與大海融為一體，就像童話裡的美人魚。

劉藍聽到背後傳來一聲很沉的「撲通」聲，她知道，汪若山也終於按捺不住，下水了。

劉藍翻轉身體，平躺在水面上，一動不動，臉朝著群星璀璨的天空。她沉靜地呼吸著，越來越清晰地聽到海水的聲音，這聲音在寂靜的夜晚顯得特別溫柔。

這一刻，一切都顯得那麼靜謐，那麼美好。假如，人生真的可以重新開始，可以沒有那些陰差陽錯的過往，沒有那些傷痛，沒有那些揉碎了的心，只有眼前的這一刻的安寧，那該多好。

但是，世上沒有假如。

汪若山憋住一口氣，一下子沉入了水中，下潛了好幾公尺，在黑暗中，他突然看見了水面上出現了幾個耀眼的亮斑，他不知亮斑源自何處。隔了幾秒鐘，一聲沉悶而巨大的爆炸聲灌入了他的耳朵。隔了兩秒鐘，又是兩聲巨響。他連忙從水中上浮，浮出水面時，他盯住了那個發光的方向，恰好又出現一次爆炸。他看清楚了，那是發射架，發射架上的宇宙飛船已經安裝完畢，但是，它們爆炸了，赤色的火焰與濃煙混合在一起，升騰起來，形成蘑菇雲。

不多時，海面上掀起了一股波浪，酷熱的浪潮滾滾而來，汪若山覺得自己的頭髮都快要被燎著了，他連忙拉住呆呆地浮在水面上的劉藍，將她按入水中。

翻滾著的海浪，將他們拖入了海水更深處。

4

讓人難以相信的事件，但它的確是發生了。

那些巨大的發射架，一座接著一座爆破，一座接著一座倒塌。

經調查得知，這是尼魯的報復行動，兒子死了，總要讓敵人付出代價，儘管他的兒子其實是死於瘟疫。他的那支暗殺隊被派上了用場，都是隱匿行刺的高手，甚至能夠打入敵人內部，神不知鬼不覺地實施暗殺。不過，這一次，這些身手不凡的特殊軍人，他們的目標不是人，而是那些太空軍艦。

他的想法是，先毀掉敵人最先進的武器，然後再做下一步的打算。

沒錯，那支太空艦隊的確安裝了最先進的武器，但那些武器，不是用來對付尼魯的，而是用來進攻二十光年之遙的地球的。

曠日持久打造起來的太空艦隊，還沒離開地面，就在一片火海之中成為廢物。

原本打造出高原這樣的虛假世界，借人類之力研究並籌建太空艦隊，開拔啟程之際，又被人類毀掉了。

這件事被SD調查清楚後，他們一定會認為宇宙裡沒有比人類更加荒誕的物種了。他們對人類的大腦裡究竟在想什麼，可能更明瞭，也可能更迷茫。

SD也許會深深意識到，人類是不可防不可控的。

萬幸的是汪若山和劉藍都沒有受傷。幾天後，他們再次見面。

「挽救地球的居然是尼魯?」汪若山苦笑道。

「你覺得應該是你？」劉藍調侃道。

「至少，我是我自己故事裡的主角。主角，總是要在關鍵時刻起關鍵作用的。謝謝我的人生大戲，讓我知道自己是個廢物。」

「你覺得，這是 G581 星和地球之間故事的結局嗎？」

「絕不是！」

「接下來，SD 會做何打算？」

「當然會推遲計畫，但肯定不會終止計畫。」

「你呢，怎麼辦？」

「我的處境很不樂觀。一方面，我已經知曉他們的祕密，如果科學研究這一塊還用得著我的話，我會被拘禁起來，在威逼利誘之下，繼續為他們賣命，不就範就會吃苦頭；另一方面，因為我已經把所有科學研究成果都如數交出了，他們也很可能用不著我，我變得可有可無。我知道他們的祕密，知道得太多，總是活不長久。」

「照你的說法，凶多吉少。」

「但我有第三條路。」

「什麼？」

「做一個和平使者。」

「和平使者?」

「對。」

「地球和 G581 星之間的?」

「地球是我的精神家園，G581 星是我出生和成長的地方。也許SD認同『黑暗森林法則』，但他們不知道，人類還有另一面。」

「你是要去地球嗎?」

「對，尼魯做得不徹底，有一艘運輸艦還完好無損，也許還能完成發射和飛行。運輸艦沒有安裝武器系統，這也正好，我要傳送的，是和平的資訊。」

劉藍愣在原地。一方面，她覺得這的確是一個契機，結束對抗，解救 G581 星上現存的人類，是好事;但另一方面，汪若山要去二十光年之外的地球，這一別，恐怕就是天各一方了。

她想著想著，眼睛不覺溼潤了，簌簌地落下淚來。

汪若山一心想著他的計畫，他深深感到，這是他降生在 G581 星的意義所在，更是他餘生的使命。因而，他竟也沒注意到劉藍眼裡閃動的淚光。

他轉身走掉了。

5

起初，汪若山找不到對接資訊的人。後來，他找到了G城市長，那個SD的傀儡。門衛不准他進去，但在通報之後，門衛換了一副嘴臉，相當殷勤地把他請了進去。

這是一間臨時安置的市長辦公室，比原先的那間寬敞明亮的辦公室小了一半。

負傷的市長拄著一根枴杖，他的一條腿在政府大樓倒塌的時候，被石塊砸斷了。

作為一個出色的大學教師，汪若山並不缺乏慷慨陳詞的能力，在完成了大約十分鐘充分的表達之後，市長把那條纏著固定板的腿放在了座椅前面的一個支架上，然後用枴杖指了指左側的皮沙發，示意他坐下來說話。

「地球人憑什麼聽你的呢？」市長的語氣，好像在問最後一個問題。

「一九七七年，人類發射了『旅行者一號』探測器，目的是與外星文明交朋友。」

「那是在地球還沒有遭受災難的時候。」

「有難的人，不更需要朋友的幫助嗎？」

市長陷入沉思。

「我相信，宇宙終極文明，一定是建立在『愛』的基礎之上的。如果某個文明還沒有力圖踐行『愛』的話，那一定是落後的文明。物質世界固然是客觀存在，但物質世界也是被宇宙中各個文明所感知和定義出來的。意識反作用於物質世界。浩瀚無邊的宇宙，物質世界和精神世界二者相輔相成、相互作用。我們為什麼不能去尋求和平呢？戰爭是解決爭端的唯一方法嗎？地球人發射播種飛船，是為了求救，不是為了侵略。我身為一個人類，雖然沒有生長在地球上，但我天然對那裡有著『愛』。我相信，縱然人類有愚蠢的時刻，但你不能不給他們希望。」

「大道理我已經聽見了。」市長從支架上放下了那條腿，「還有什麼不得不的理由？」

「你了解現在的地球嗎？」汪若山問。

「不了解。」

「現在，距離發射播種飛船已經過去了一千多年。」

「所以呢？」

「人類科技的發展是呈現加速度的。從十九世紀到二十一世紀，人類取得的科技成就非常驚人，比過去幾千年加起來還要多得多。從G581星建立高原以來，不足百年，這裡的人類就已經在航空航天和量子物理領域取得了很高的成就。那麼，我們可以推測，縱然地球遭遇了災難，但我相信他們具有頑強的生命力，愈挫愈勇。恐怕現在你真要去攻擊地球，卻是拿雞蛋碰石頭。」

「哈哈哈……」市長大笑起來。

「我說的哪一點讓您發笑？」汪若山不明就裡。

「你先回去吧！」市長說，「等候訊息。」

走出市長辦公室大門，汪若山覺得自己這一次的說服工作失敗了。

但他所不知道的是，瘟疫在SD中間已經達到了十分猖獗的程度，SD內部出現了混亂，根本無暇顧及重啟進攻地球的計畫。保守派占了上風，他們建議由身在G581星的人類充當探子，去勘察地球目前的狀況，再來決定是否發動戰爭，只不過他們還沒有選出那個恰當的人類。

汪若山的自告奮勇，解決了人選問題。

6

運輸艦發射升空之後，汪若山在舷窗裡看到了G581星的全貌。高原的外圍被一圈水域包圍著，水域的寬度大約為一百到兩百千尺，那便是人們想像中的大海，越過這一圈的水域，是遼闊的大陸。G581星真是一顆缺水的行星，陸地和水域的比例幾乎相當，不像地球上大部分為海水所覆蓋。

安裝了反物質引擎的運輸艦，即便以百分之十的光速航行，也需要至少兩百年才能抵達地球，所以啟程後不久，汪若山就需要進入冬眠倉，待飛船接近地球時再被喚醒。

SD對汪若山開啟了播種飛船裡的所有數據。在進入冬眠倉之前，他認真查閱著數據。趙健畫在山洞裡的太陽系圖，印入他的腦海。

他想到了月球。正是因為月球，才使他對周遭的環境產生了懷疑。月球就像一盞明燈，雖然沒有見過，但給他指明道路。數據裡還有一首唐代詩人李白的詩歌：舉頭望明月，低頭思故鄉。

那是一種怎樣的情愫？

月球是地球的伴侶，她環繞著他，他們緊緊相依。不知怎的，那個畫面，使汪若山深為感動。

數據裡還描述了月球的形成。

在地球剛形成的時候，地球軌道上還有另外一顆行星。這顆行星和火星差不多大，它和原始地球都在繞著太陽旋轉，但它們之間的距離卻越來越接近，最後終於相撞。這次劇烈的撞擊，把兩顆行星撞碎了，大量碎片被拋向太空。後來，這些丟擲的碎片在引力作用下又重新聚在一起，進行了再次分配，終於形成後來的地球和月球。人類給那顆撞擊原始地球的行星起了個名字：提亞。在神話中，她是月亮女神的母親。

汪若山想像著提亞所做出的犧牲，不難發現，人類中間總有些深情的人願意去相信這樣美好的故事。

他聯想到了自己的父母，沒有上一輩人在反物質領域做出的犧牲，也就難有他在這個領域的繼承和突破，更談不上他能有機會回到地球。

他想到了高帥，那個玩世不恭但關鍵時刻得力的好搭檔，一起攻堅克難，付出良多，卻沒有機會一起見證地球。

汪若山已經躺進冬眠倉了，白色的箱體裡有維生液體，液體是溫熱的，在肌膚之間流動著。

在按下啟動鍵之前，他想到了阿玲，那個因他而死的愛人，他的心愈加沉痛起來。飛船啟程的時候，萬眾矚目，發射架高高聳立，遠處的人密密麻麻，都在緊張觀看。人群中有一個姑娘，她很美麗，有著一雙動人的大眼睛，她與其他人擠在一起，遙望著熠熠生輝的運輸艦，眼睛裡閃動著淚花。現場許多人都落淚了，但她的淚水有著特殊的含義。她的名字，叫做劉藍。

汪若山終於按下了啟動鍵，漸漸地，一股睏意襲來。

地球還在遠方，一千多年後的地球，究竟是何面貌？是化為廢墟還是轉危為安？汪若山不知道。

在閉上眼睛的那一刻，他堅信，明天會比今天更好。

（全文完）

後記

我想給你簡單介紹一下這部小說是怎麼出爐的，為什麼會有第一和第二作者。

二〇一四年的某一天晚上，我做了一個夢，夢見地球被一顆小行星撞擊後幾乎毀滅，宇宙飛船帶著人類的基因踏上了飛向外太陽系的征程。經過數百光年的漫長征程，飛船終於降落在了一顆宜居行星，倖存的人類在這顆星球上重建人類文明。夢醒之後，我就生出了一個念頭，想以此為題材創作一部長篇科幻小說。

這似乎並不算一個新穎的科幻題材，例如王晉康老師的《水星播種》也是一個在外星球上重建文明的故事。但我覺得，對於科幻小說來說，大題材相同是很正常的事情，幾乎所有的科幻小說都可以歸屬於為數不多的幾種大題材下。比題材更重要的是講故事的方式和故事中的人物、情節。

在接下來的幾天中，我都醉心於如何把這個故事的結構安排得更精巧，讓它呈現出更豐富的懸念和反轉。同時，作為一名科普作家，我也有責任讓這個故事盡可能不違背已知的科學定律，並且邏輯自洽。差不多用了一週的時間，我寫完了這個故事的梗概。然後，我摩拳擦掌，準備正式開始創作小說。

寫一部長篇小說很難利用碎片化的時間來完成，因此，我需要一段完整的幾乎不受打擾的時間。但很遺憾，我在寫完了小說梗概之後，就一直沒能規劃出這樣一段時間，總是有更重要的事情需要做。於是，這篇小說的梗概就這麼存在我電腦中。一天又一天，但我始終沒有忘記，因為我自己很喜歡這個故事的框架。

就這樣，從二〇一四年一直拖到了二〇一九年，我認識了張旭老師。我倆一見如故，互贈作品，聊起科幻小說和科幻影視劇非常投機。有一天，張旭說他會有一段相對比較空閒的時間，想創作一部長篇科幻小說，而且是那種非常適合改編成科幻影視的題材，但一直沒找到一個好的「故事核」。我突然心念一動，想起了我五年前寫的那個故事梗概。我對張旭說：「我有一個好故事，就是實在沒時間寫出來，而你剛好相反，現在有時間，但缺一個好故事。這樣吧，你先看看我這個故事如何？」

張旭看完我的故事梗概後，很快就給了我回應，他說非常喜歡這個故事核，敘事結構很新穎，不從地球開始講起，而是直接從外星球開始講起，還不斷地有懸念和反轉，題材也特別適合影視改編。

我說那不如我們合作吧，你來執筆，我負責給你打下手，我們把這個故事從一個梗概變成一部完整的小說吧。張旭很高興地接受了我這個建議。

就這樣，張旭用了大半年的時間，經過幾輪修改，最終完成了這部小說。不過，我必須慚愧地承認，我對這部小說的貢獻度遠遠不及張旭老師。可以說，我只是提供了一個骨架，而所有的血肉都是張旭填滿的。

但不管怎麼說，我很高興看到自己在六年前的一個夢變成了今天這樣一本裝幀設計精美、拿在手中墨香撲鼻的紙書。當然，更要感謝北京時代華文書局的高磊老師，是她慧眼識珠才有了今天這本書。我和張旭還有一個更大的野心，希望能將這個故事搬上螢幕，這是一個非常適合影視改編的科幻故事。

這就是《高原》背後的故事，是為後記。

汪詰

二〇二〇年十月五日，於上海莘莊

電子書購買　爽讀 APP

國家圖書館出版品預行編目資料

高原——跨星際戰爭與科技革命：愛情、科技與宇宙的奧祕，真相與虛假之間，人類存亡於一念 / 張旭，汪喆 著 . -- 第一版 . -- 臺北市：崧燁文化事業有限公司 , 2024.02
面；　公分
POD 版
ISBN 978-626-357-999-6(平裝)
857.83　　113000680

高原——跨星際戰爭與科技革命：愛情、科技與宇宙的奧祕，真相與虛假之間，人類存亡於一念

臉書

作　　者：張旭，汪喆
發 行 人：黃振庭
出 版 者：崧燁文化事業有限公司
發 行 者：崧燁文化事業有限公司

E-mail：sonbookservice@gmail.com
粉 絲 頁：https://www.facebook.com/sonbookss/
網　　址：https://sonbook.net/
地　　址：台北市中正區重慶南路一段六十一號八樓 815 室
Rm. 815, 8F., No.61, Sec. 1, Chongqing S. Rd., Zhongzheng Dist., Taipei City 100, Taiwan
電　　話：(02) 2370-3310　　傳　　真：(02) 2388-1990

印　　刷：京峯數位服務有限公司
律師顧問：廣華律師事務所 張珮琦律師

定　　價：399 元
發行日期：2024 年 02 月第一版
◎本書以 POD 印製
Design Assets from Freepik.com